KB201614

은하철도의 밤

銀河鉄道の夜

미야자와 겐지 지음

이성규 · 임진영 역

은하철도의 밤
銀河鉄道の夜

미야자와 겐지宮沢賢治 지음
이성규·임진영 번역

도서출판 시간의물레

역자 머리말

역자들은 지금까지 일본어 관련 분야에서 주로 일본어학, 일본어교육을 중심으로 연구해왔으며, 얼마 전부터는 일본어 구어역(口語譯) 성서의 언어학적 표현에 주목하여, 일련의 결과를 사회에 제출한 바 있다. 일본어 성서를 한국어로 옮기는 기초 작업을 통해, 성서라는 공통점이 지니고 있음에도 불구하고, 양 언어의 성서 사이에는 유사점도 무론 있지만, 상이점 또한 존재한다는 사실이 극명하게 드러났다. 그동안 번역은 언어학 분야의 작업이 아니라는 지론을 견지했는데, 성서 연구를 통해 번역이 고도의 언어학적 고찰에 기초하여 윤문(潤文)에 있어서 신중한 접근이 필요하다는 것을 깨닫게 되었다.

금번 번역한 미야자와 겐지(宮沢賢治)의 동화 작품인 『은하철도의 밤(銀河鉄道の夜)』에 관해서는 직접 접한 적은 없지만, 아마도 이미 한국어 번역본이 있을 것으로 추정되나 자칫 선행 번역본에 이끌려 번역할 수도 있다는 우려를 배제하고자 굳이 확인은 하지 않았다. 요즘은 기계번역도 일정한 범위에서 그 유효성이 인정되고 있다고 하지만, 일본어나 한국어와 같이 술어 중심의 언어에 있어서는 문말에 다양한 의미를 지니고 있는 문법적 형식이 출현하기 때문에, 기계에 의존하는 번역은 특히 문학 작품에서는 그 결과의 타당성을 담보하기 어렵다.

한·일 양 언어에 있어서 형용사 어류와 오노매토피어 부류는 감정과 관련된 어휘라는 점에서 각 언어에서 본원적이며 특징적인 부문을 관장하고 있어 설사 의미 분야에서 공통분모가 인정된다고 하더라도 각 어휘의 의미 영역에 있어서는 미묘하게 불일치되는 경우도 존재하기 때문에, 특히 『은하철도의 밤(銀河鉄道の夜)』과 같이 감정표현이 현란하게 전개되고 있는 작품을 과연 한국어로 번역할 경우, 어느 정도 소기의 목적을 달성할 수 있을

것인지, 지금도 일말의 주저함을 불식할 수 없다.

특히 일본어는 한국어에 비해 상대적으로 언어형식이 분화적인 면이 있고 분석적인 표현이 주를 이루기 때문에, 한국어로 그것을 그대로 옮기면 부자연스럽거나 용장감(冗長感)을 지울 수 없다. 그렇다고 해서 한국어 표현에 지나치게 방점을 둘 경우에는, 일본어의 생생한 어감을 제대로 살리지 못하며, 또한 일본어에서는 구별하여 사용하고 있는 미세한 감정 표출을 언어화할 수 없다. 번역에 있어서는 먼저 치밀한 본문 비판에서 출발해서, 당해 작품에 대한 언어학적 분석을 거친 후, 그에 상당하는 어휘와 표현을 결합하는 것이 중요하다고 판단한다.

여기 언급한 내용은 이상적인 과정인지라, 과연 본 역서가 이에 부합하는지는 독자의 판단이라고 사려된다.

역자의 역할 분담은 다음과 같다.

[1. 오후 수업 / 2. 활판소(活版所) / 3. 집 /

4. 켄타우루축제의 밤 / 5. 천기륜(天気輪)]은 임진영이,

[6. 은하 정거장 / 7. 북십자성과 플라이오세 해안 /

8. 새를 잡는 사람 / 9. 조반니의 표] 는 이성규가 번역과 주를 담당했고, 전체 번역의 윤문은 공동으로 진행했다. 그리고 본문의 일부 어휘 및 표현에 관해서는 인하대학교 대학원 박사과정 일본어학 전공의 나카무라 유리(中村有里)님(인천대학교)의 다대한 조언을 받았기에 감사의 뜻을 표한다.

그리고 원문 이해를 돕기 위해서 당 번역본에서는 적잖은 주가 달려 있다. 원문이 미정(未定) 원고라는 점에서 저자의 최종적인 의도를 가늠하기 어렵다. 또한 지명과 인명 등의 고유명사, 저자 특유의 동어 반복에 의한 강조 표현, 저자의 창작에 기반을 두는 각종 독특한 오노매토피어 사용에 관해서는, 소위 가독성이 떨어진다고 하는 지적도 물론 있겠지만 언어학 전공자로서는 아무래도 추가적인 설명을 하는 것이 중요하다고 사료된다.

한편 원문이 몽환적 동화이면서도 감동과 교훈을 암시하는 작품이라는 점에서 윤문하는 과정에서 오랜만에 눈물이 나왔다. 번역서를 한국어에 따라 그대로 읽어 내려가도 내용을 이해하는 데 하등의 문제는 없다.

다만, 지적 호기심이 발동되어, 원문에서 특별한 의미를 부여하고 있는 점에 관해, 확인하고 싶을 경우에는 주를 참조하면 될 것이다. 번역에서 각주가 많으면 소위 가독성이 떨어진다는 지적도 있겠지만, 상술한 바에 따라 각주를 단 것이기 때문에 독자 제위께서는 필요 시 참고하기 바란다.

독자 중에서는 본 번역서의 내용을 다소 난해하다고 부정적인 입장을 취하는 분도 있을 수 있고, 혹은 그래도 이해 범위 내에 포함된다고 판단하는 분도 있을 것이다. 문면의 어휘나 표현에 과도하게 의미를 부여하는 것보다는, 원 저자가 강조하며 주장하고자 한 전체적 의미에 관심을 가지며 일독해 주시기를 앙망하는 바이다.

2022년 4월 1일

역자 이성규(李成圭)
임진영(任鎭永)

차 례*

* 초고(草稿)에서 실제로 장 번호가 붙여져 있는 것은 1과 3뿐이고, 나머지는 전집에서의 교정 시에 보완된 것이며, '9. 조반니의 표' 이하에서는 전체의 대략 절반에 걸쳐 장(章)의 구성이 없다. 이것은 미정 원고이기 때문이다.

■ 작품소개

은하철도의 밤 銀河鉄道の夜

『은하철도(銀河鉄道)999』의 원작으로 알려진 『은하철도의 밤(銀河鉄道の夜)』은, 미야자와 겐지(宮沢賢治)의 동화 작품의 대표작으로, 고독한 소년 조반니가, 친구 캄파넬라와 은하철도의 여행을 하는 이야기를 소재로 삼고 있다.

작자의 죽음으로 미정(未定) 원고인 채로 남겨지고, 많은 조어(造語)가 사용되고 있다는 점에서 연구가 사이에서도 다양한 해석이 이루어지고 있다. 이 작품에서 출발한 파생 작품은 상당히 많고, 지금까지 수차에 걸쳐 만화·그림책·영화·텔레비전·드라마·뮤지컬·연극·전자서적 이외에도 천체투영관(planetarium) 프로그램이 만들어져 있다.

『은하철도의 밤(銀河鉄道の夜)』은, 1924년경에 초기 원고가 집필되고 만년 1931년경까지 퇴고(推敲)가 반복되고 나서, 1933년 겐지의 사후, 초고(草稿) 형태로 남겨졌다. 초출은 1934년 간행의 분포도(文圃堂)판(版) 전집[다카무라 고타로(高村光太郎) 등 편]이다. 미정(未定) 원고라는 점에서 연구자들이 본문 교정을 위해 다대한 노력이 요구되었지만, 치쿠마쇼보(筑摩書房)판(版) 전집[『교본(校本) 미야자와 겐지(宮沢賢治) 전집(全集)』(1974년)]의 편집과정에서 면밀한 검토가 진행되어, 제1차 원고에서 제4차 원고까지 3차에 걸쳐 대대적인 개고(改稿)가 이루어진 것이 확인되었다.

제1차-3차 원고(초기형태)와 제4차 원고(최종형태) 사이에는 커다란 차이가 있다. 「은하철도의 밤(銀河鉄道の夜)」이라는 제목이나, 모두의 3장분, 그리고 결말의, 캄파넬라가 강에서 행방불명이 되는 삽화 등은 제4차 원고에서 추가된 것이다. 그리고 제3차 원고까지는 「은하철도의 여행은 부루카니로박사(후술)의 실험에 의해 주인

공이 본 꿈이었다. 최종 형태에 박사는 등장하지 않는다.

[분포도(文圃堂)판(版) 전집] 이후, 오랫동안 읽혀진 간행본에서는, 부루카니로박사의 존재가 커다란 위치를 점하고 있었지만, 박사가 등장하지 않는 전개가 최종 형태인 것이 판명되었다. 이하의 대략적인 줄거리는 제4차 원고(최종 형태)에 의한 것이다.

또한 「최종 형태」란, "제4차 원고 이후의 개고된 원고가 확인되지 않는다"라는 의미이며, "겐지(賢治)가 제4차 원고를 결정 원고로 하고, 이것으로 정식적인 작품으로 간주했다"라고 하는 것은 아니다.[2)]

번역본에서 사용한 저본(底本)은 青空文庫(http://www.aozora.gr.jp/)에서 작성된 것을 이용했다. [「은하철도의 밤(銀河鉄道の夜)」『가도카와분코(角川文庫)』 가도카와쇼텐(角川書店) 1969년 7월 20일 개판(改版) 초판(初版) 발행]

『은하철도의 밤(銀河鉄道の夜)』의 등장인물을 소묘하면 다음과 같다. 주인공인 조반니는 고독하고 공상을 즐기는 소년으로 가족으로는 집을 나가 있는 아버지, 병을

---

2) 이상은 [フリー百科事典『ウィキペディア(Wikipedia)』 https://ja.wikipedia.org/wiki]에서 인용하여 적의 번역함.

앓고 있는 어머니, 따로 사는 누나가 있다. 조반니의 친우인 캄파넬라는 우등생으로 그려지고 있으며, 어머니에 관한 내용도 나와 있는데, 건재 여부는 불명이고 아버지인 캄파넬라 박사는 이야기 마지막에 등장한다. 조반니의 동급생으로 조반니를 놀리는 역할을 맡은 것은 자네리이다.

이야기 시작 부분에 학교의 선생님이 나오고, 조반니 등이 여행하는 동안 등장하는 인물에는 화석 발굴을 하고 있는 학자 또는 대학사로 불리는 사람, 새를 잡는 사람(새 사냥꾼), 등대지기(등대간수)가 있고, 그리고 마지막으로 기차에 오르는 가오루코라는 누나, 다다시라고 하는 남동생, 가정교사인 청년이 출현하게 되는데, 회상 이야기를 통해 이들은 현세에서는 이미 죽어 있는 것을 암시하고 있다. 마지막 부분에 부루카니로 박사와 마루소, 그리고 캄파넬라의 아버지인 박사가 조연으로 나온다.

고기잡이에서 돌아오지 않은 아버지 일로 동급생으로부터 놀림을 당하고, 아침저녁에 일을 하는 바람에, 노는 것에도 공부에도 흥미가 없는 소년 조반니는 주위로부터

소외당하고, 마치 유령과 같은 존재로서 묘사되고 있다.

별 축제의 밤에, 있을 곳을 잃어버리고, 고독을 음미하면서, 올라간 천기륜 언덕에서, 은하철도에 올라타고, 친우인 캄파넬라와 은하 순례 여행을 잠시 즐긴다. 두 사람은 여행 중에서 만나는 다양한 사람들 속에 계속해서 사는 것의 의미를 발견해 간다. 여행 마지막에 조반니는 전갈 이야기에 감동을 받고, 캄파넬라에게 모두의 진정한 행복을 위해 끝까지 함께 가겠다고 서로 맹세하지만, 캄파넬라는 사라져 버린다. 슬픔 속에서 눈을 뜬 조반니는, 얼마 후 캄파넬라가 목숨을 희생해서 친구를 구한 사실을 안다. 이 순간 조반니는 은하철도의 여행이 무엇을 의미하고 있는지 알고, 모두의 진정한 행복을 위해 다하는 것에 사는 의미를 깨닫는다.

또한 아버지가 곧 돌아오는 것을 알게 되고, 용기를 얻는다. 이렇게 해서 조반니는 별 축제의 밤에, 유령인 자신과 결별하고, 어머니 곁에 돌아갔던 것이다.

은하철도의 여행은, 은하를 따라 북십자성에서 시작되어 남십자성에서 끝나는 이차원(異次元, 다른 차원)의 여행이며, 두 개의 십자가는 각각 석탄 부대를 가지고 있다. 콜색(coal sack, 석탄부대, 석탄자루, 석탄주머니)이 일반적으로 암흑성운(暗黒星雲)이라고 알려지게 된 것은 최근이며, 이전에는 천문 분야의 전문서에서도 종종 '하늘의 구멍'이라고 표현되고 있었다. 겐지는 남북 두 개의 석탄 부대를 명계와 현세를 묶는 통로로서 작품을 구성했다고 되어 있다.

남십자성의 하늘에 가지 않았던 캄파넬라의 행방에 관해서는, 부루카니로 편(編)에 언급하여 윤회했다고 하는 해석이나 어머니의 기술에 언급하며, 만물의 어머니의 곁에 돌아갔다고 하는 해석 등, 다양하게 해석되어 있는 등 정설은 없다.

『은하철도의 밤(銀河鉄道の夜)』의 성립에는, 겐지가 모리오카(盛岡)고등농림학교 재학 시부터 친밀한 관계를 쌓았던, 1년 후배에 해당하는 호사카 가나이(保阪嘉内)의 영향이 크게 관련을 맺고 있다고 생각하는 연구자도 있고, 작품 속의 다양한 모티브에 20대경에 겐지와 가나이가 둘이서 등산하여 밤을 새우며 함께 이야기를 나눈 체

험이 농후하게 반영되어, 등장인물의 '조반니[3]'를 겐지 자신으로 한다면, '캄파넬라'는 호사카 가나이(保阪嘉内)를 나타내고 있다고 생각하는 연구자도 있다. 다만, 제4차 원고에 있어서의 캄파넬라의 모델은 겐지의 사별한 여동생 도시라고 하는 설이 있다.[4]

미야자와 겐지가 이 작품을 집필한 시기에 관해서는 이야기 속에 날짜가 없기 때문에 특정할 수 없지만, 등장하는 별자리에서부터, 초여름에서 초가을에 걸친 이야기이라는 것을 알 수 있고, 9월의 피안(彼岸)[춘분 또는 추분의 앞뒤 각 3일간을 합친 7일간]으로 설, 8월의 백중맞이(お盆)로 하는 설, 7월의 구 백중맞이(旧盆)[백중맞이,

---

3) 등장인물의 이름에 관해, '조반니'는 이탈리아 세례명의 하나인 (라틴어에 있어서의 요하네스)에서 유래하고, '캄파넬라'는 신학자 토마스 캄파넬라(Tommaso Campanella)[아울러 어릴 때 이름은 '조반니·도미니코]에서 취했다고 하는 추정이 있다. 아마자와 타이지로(天沢退二郎)는, 작품 성립에 이르는 초고(草稿) 중에서는, 겐지가 '조반니'와 '캄파넬라'의 혼동 내지 혼동하기 시작한 흔적에서, '조반니'와 '캄파넬라'이라는 명명에 쌍자성(双子性)에 초점을 맞추고 있다. 덧붙여서 말하면, 이탈리아어의 Campanella는 '종(鐘)'을 의미하는 단어이다.

4) 이상은 [フリー百科事典『ウィキペディア(Wikipedia)』 https://ja.wikipedia.org/wiki]에서 인용하여 적의 번역함.

음력 7월 보름에 행하는 우란분회(盂蘭盆會)]로 하는 설 등이 있다.

이야기 속에서 학교의 장면이 묘사되어 있고, 여름방학 중이 아니라고 상상하는 것. '캄파넬라'가 조종초(釣鐘草)의 학명(Campanula, 캄파눌라)과 흡사한 점과 아울러, 천기륜(天気輪)의 언덕에 조종초와 같은 꽃이 온통 피어 있는 것, 은하철도의 밤(플라이오세, 남십자성, 전갈의 밤, 검은 호두 숲, 새)을 연상시키는 시 「가이로세이(薤露青)」에 붙인 날짜(1924년 7월 17일), 겐지의 친우[호사카 가나이(保阪嘉内)]와 간 여행 시기 등에서, 7월의 구 백중맞이(旧盆)의 설이 유력하다. 그리고 은하 축제는, 모리오카(盛岡)에서의 오쿠리본(백중맞이의 마지막 날로, 친족의 혼을 보내는 날)에 상당하는 후넷코나가시(舟っこ流し)가 모델일 것이라고 하는 의견도 유력하여 그것에 따르면 8월 16일이 된다.

겐지의 동화 창작은, 호사카가 3월에 퇴학 처분이 되고, 4월 병역검사 후, "내 생명은 이제 15년 남았다"라고 주위에 흘린 1918년 겨울부터 시작되었다고 증언되고 있다. 이 해의 음력 칠석은 8월 13일에 해당한다.

거문고별(거문고자리)의 기술과, 4차 원고에 있는 조반니와 캄파넬라의 대화, 차장의 대사에서 '11시 정각 백조자리에 정차' '남십자성 도착은 3시' 및 '독수리 정거장에 2시'의 기술이 한 군데에 그치고 있어, 이야기 순으로 보는 것은 물리적으로 불가능하다. 그러나 거문고자리의 직녀성이 남중을 보며 일본을 북상하여, 북극권에서 23시의 백조자리 데네브의 남중을 보고, 타이타닉의 승객의 영혼을 건지고, 남북아메리카대륙 위에서 오전 2시에(작품 속의 기술대로 밖은 밝다) 지하에서 독수리자리가 남중하고, 다시 남하해서, 극야의 남극권에서 전갈자리의 안타레스를 바라보고, 남극점에서 일본 시간으로 오전 3시에 남십자성자리를 바라보는 것은 가능하다. 겐지(賢治)는 동화 『가제노마타사부로(風の又三郎)』 속에서, 바람이 지구를 일주하는 이야기를 등장시키고 있다. 또한 동화 『고양이 사무실(猫の事務所)』에 있어서, 남극점에 도달한 판포라리스(パンポラリス)가 등장하고 있고, 로알 아문센의 남극 도달 소식이 전해진 수개월 후에, 타이타

닉 사고가 보도되고 있다.

이론상 남북의 성좌반(星座盤)[성자판(星座板), sidereal table]을 사용해도, 같은 결과가 도출되고, 작품 속에 있어서 날짜와 시간, 별자리의 남중 시각이 정해져 있는 점에서 날짜는 8월 13일로 된다. 그리고 8월 13일은 페르세우스자리 대유성군(大流星群)의 날이며, 별자리의 밤과 부합하는 점에서 '8월 13일 미명의 장면'이 된다.

이야기의 중심은 마물(魔物)이나 유령과 조우하기 쉽다고 되어 있는 오마가토키(逢魔時)[일몰 - 천문박명(天文薄明) 종료]에 생긴 이야기일 것이라고 말해지고 있다. 다만 결정적인 시간의 특정은 이루어지고 있지 않다.[5)]

『은하철도의 밤』의 무대는, 미야자와 겐지의 고향이 있던 이와테(岩手) 경편철도(軽便鉄道) 연선(沿線) 풍경을 모델로 했다고 하기보다는, 당시 하나마키(花巻) 시내에서 시 서부의 온천 지구에 깔려, 1972년까지 운행되고 있었던 하나마키(花巻) 전철을 모델로 했다고 추찰된다. 한

---

5) 이상은 [フリー百科事典『ウィキペディア(Wikipedia)』 https://ja.wikipedia.org/wiki]에서 인용하여 적의 번역함.

편, 소설을 집필하기 직전의 1924년, 미야자와 겐지는 하나마키(花巻) 농학교의 수학여행 인솔로 홋카이도(北海道) 도마코마이(苫小牧)시를 방문하고 있고, 동 지역의 오지(王子) 경편철도(軽便鉄道)·하마센(浜線)[현 JR홋카이도(北海道) 히다카혼센(日高本線)] 연선 풍경을 모티브로 한 것이 아닌가 하고 추측하는 논문도 존재한다. 그 밖에 1923년 여름에 방문한 가라후토청(樺太庁) 철도 가라후토토센(樺太東線)이 모델이 아닌가 하는 설도 존재한다.

소설의 삽화나 표지나 그림책, 애니메이션 등에서의 은하철도는 증기 기관차에 의해 견인되는 객차로서 묘사되는 경우가 대부분이지만, 소설 중에 "이 기차는 석탄을 때고 있지 않네", "알코올이나 전기일 거야"라고 하는 조반니와 캄파넬라의 대화가 있어서, 통상적으로 석탄으로 달리는 기차는 아니다. 1925년 전선이 영업을 시작한, 하나마키(花巻) 온천 전기 궤도[후일의 하나마키(花巻) 전철]가 아닌가, 하는 설도 있다.[6]

---

6) 이상은 [フリー百科事典『ウィキペディア(Wikipedia)』 https://ja.wikipedia.org/wiki]에서 인용하여 적의 번역함.

참고로 이시이 다케오(石井竹夫:2014)는 『은하철도의 밤』에 관해 다음과 같이 설명하고 있다.

『은하철도의 밤』은, 주인공 조반니와 그 친구 캄파넬라가 꿈속을 달리는 열차를 타고 백조 정거장(북십자성)에서 서던크로스(Southern Cross, 남십자성)로 여행하는 작품이다. 이 작품에는, '성서', '가톨릭풍의 여승', '찬미가', '크리스마스' 등 기독교적 용어, 또는 그것에 기반을 두고 있다고 생각되는 어구가 빈번하게 등장한다. 백조 정거장과 서던크로스 정거장 근처에는 '십자가'도 서 있고, 거기에는 '십자가'와 함께 기독교의 '원죄'를 연상할 수 있는 '사과'도 등장한다. 북십자성에서의 '사과'는, '십자가'를 응시하는 캄파넬라의 볼의 빨간 색을 표현하는 비유로서 사용되고, 그리고 남십자성에서는 '십자가' 위에 있는 푸르스름한 구름을 표현하는 비유로 쓰이고 있다. 그러나 북십자성과 남십자성에서 등장하는 '사과'에서 해석되는 기독교적 이미지는 상당히 다르다.

예를 들어, 북십자성의 '사과'는 밝고 따뜻한 이미지로 해석되지만, 남십자성의 '사과'에서는 어쩐지 기분이 나쁘고 차가운 이미지가 있다. 『은하철도의 밤』은 다양한 해석이 가능하다. 그 한 가지는 이 작품을 조반니와 캄파넬라의 '소년'에서 '성인'으로 성장하는 이야기로 읽는 것이다. 조반니는 겐지(賢治)의 분신이라고 하는 입장도 있기 때문에, 기독교적인 '사과'의 이미지가 이야기의 진행과 함께 변화했다고 하는 것은, 겐지 자신이 나이를 먹음에 따라, 기독교적인 것에 대한 사고방식이 바뀐 것의 반영일지도 모른다. ……

나는 지금까지 기독교라고는 말하지 않고 기독교 뒤에 '적(的)'이라는 말을 붙여 애매하게 사용해왔는데, 그것은 겐지가 '가톨릭의 수녀'의 '가톨릭'에 '풍(風)'을 붙여 '가톨릭풍의 수녀'라고 기재하거나, 기독교에서 찬미할 때 쓰는 말 'ハレルヤ(halleluja)'를 'レ(le)'와 'ル(lu)'를 바꿔 넣어서 「ハルレヤ(halluleja)」라고 기재하거나 해서, 의도적으로 기독교 용어를 변용시키고 있기 때문이다. 즉, 『은하철도의 밤』이 단순히 기독교적 세계만을 표현하고 있다고는 생각되지 않는다. '십자가'처럼 종교적인 분위기가 나

는 것에 대해서는, 단순히 기독교라고 하는 것이 아니라 기독교를 대표로 하여 모든 종파의 불교도 포함하는 종교 전체를 상징하고 있다고 생각하는 편이 좋을지도 모른다. ……

겐지(賢治)는 아버지 마사지로(正次郎)와 어머니 이치(イチ) 사이에 1896(메이지(明治)29)년에 장남으로 태어났다. 아버지 마사지로는, 독실한 일본 정토진종(浄土真宗)의 신자이며, 조석의 근행을 게을리 하지 않았고, 가정은 종교적인 분위기로 넘쳐흘렀다[우에다(上田, 1985 : 하라(原) , 1999 : 야마네(山根), 2003)]. 마사지로의 누나 야기는 겐지(세 살 때)에게 「쇼신게(正信偈)」[신란(親鸞) 『교교쇼몬루이(教行信証文類)』 말미의 「쇼신넨부쓰게(正信念仏偈)」]와 「학코쓰노고분쇼(白骨の御文章)」[렌뇨(蓮如)]를 자장가처럼 들려주어 겐지도 암송했다고 한다[하라(原), 1999]. 신란(親鸞)의 『단니쇼(歎異抄)』 등을 읽거나 해서 불교 사상도 배우고 있었다. 겐지가 16세 때에는, 아버지에게 보내 편지에 "소생은 이미 도를 얻었습니다. 탄니쇼(歎異抄)의 제1쪽으로 소생의 모든 신앙으로 하겠습니다" 라고 쓰기도 했다. 그리고 겐지는 불교뿐만 아니라, 다른 종교에도 관심을 가지게 되었다. 겐지가 13세(1909년)에 모리오카(盛岡)중학교(현재의 모리오카제일고등학교)에 입학해서 기숙사생활을 시작했을 때, 불교와 기독교에도 관심을 갖게 되고 가톨릭의 모리오카(盛岡)천주교회에 다니기 시작한다. 거기에서 프랑스 태생의 사제 푸제 신부(A. Pouget, 1869-1943)를 만난다. 푸제 신부는 예술가 기질로 겐지와 같은 풍속화 수집가이기도 하며, 풍속화가 제재(題材)인 겐지의 시에도 자주 등장한다. 사적인 교류도 있었던 같고 겐지는, 신부에게 풍속화를 보내기도 했던 것 같다. 그리고 개신교에서는 미국 태생의 태핑 목사(H. Tapping, 1857-1942)에게 모리오카중학교에서 영어를 배우거나, 목사의 성서강의를 들으러 가기도 했다. 이와 같이 겐지는 구제(旧制) 중학교 시절까지는 정토진종이나 기독교와 깊게 관련을 맺고 있어 겐지의 일상생활이 신앙(종교활동)을 중심으로 돌아가고 있었다고 생각된다. 이때까지의 종교에 대한 생각이 백조 정거장 근처의 '십자가'와 '사과'에 반영되어 있다고 생각

된다(p.45).[7)]

미야자와 겐지(宮沢賢治)의 동화 작품 『은하철도의 밤(銀河鉄道の夜)』에서는 부사와 형용사에 있어서 동어 반복에 의한 강조표현과 다종다양한 오노매토피어[음상징어 ; 의성어, 의음어, 의태어]가 현란하게 쓰이고 있다는 점에서, 이 작품을 언어학적으로 해석하는 것은 용이하지 않다. 특히 형용사 어류와 음상징어는 그 성격상 각각의 개별언어에서 감각·감정의 근원적인 부분을 담당하고 있기 때문에 하나의 언어에서 다른 언어로의 치환(번역)은 실로 난제라고 할 수 있다. 한국어의 음상징어도 형태적·의미적으로 그 외연과 내적인 분화가 정연하게 전개되어 있고, 일본어 역시 이 점은 평행하고 있다고 사려된다. 그러나 막상 일본어의 음상징어에 적합한 대응어를 한국어에서 찾기는 쉽지 않고, 역으로 한국어의 음상징어를 일본어로 치환하는 것도 수월치 않다. 게다가 미야자와 겐지(宮沢賢治)가 『은하철도의 밤(銀河鉄道の夜)』에

7) 이시이 다케오(石井竹夫:2014) 「宮沢賢治の『銀河鉄道の夜』に登場するリンゴと十字架(前編)」(미야자와 겐지의 『은하철도의 밤』에 등장하는 사과와 십자가(전편)) 『帝京平成大学』(『데이케이헤이세이(帝京平成)대학』)

서 사용한 음상징어에는 통상 사전류에 실려 있는 의미로 쓰이는 부류도 있지만, 작자 특유의 의미·용법, - 물론 이것은 작자가 의도적으로 사용한 것이겠지만 - 으로 사용되어, 음상징어와 술어의 연동에 의해 새로운 의미가 부가 또는 전환되거나 혹은 의미의 확대가 이루어지고 있는 부류도 있어, 번역에 있어서 언어학적 분석이 선행되어야 하고, 그 결과에 기초하여 신중한 접근이 절실히 요구된다고 하겠다.

여기에서는 니이즈마 아키코(新妻明子:2016)[8]가 오노매토피어(음상징어)에 관해 논술한 내용을 인용하여 미야자와 겐지(宮沢賢治)의 음상징어가 지니고 있는 특징을 살펴보고자 한다.

일본문학에 있어서, 미야자와 겐지(宮沢賢治)는 '뛰어난 오노매토피어(음상징어)의 사용자'나 '오노매토피어의

---

8) 新妻明子(2016) 「宮沢賢治『銀河鉄道の夜』におけるオノマトペー日英比較対照と解釈のプロセスー」(「미야자와 겐지 『은하철도의 밤』에 있어서의 오노매토피어 - 일영비교대조와 해석 프로세스 - 」『常葉大学短期大学部紀要』(『도코하대학 단기대학부 기요』) 47号 pp. 35-47에서 인용.

달인'이라고 칭해지고, 독자적인 오노매토피어가 작품의 도처에 나타나서 독자의 매력을 끌어당기고 있다.

오노(小野)편(編)(2007)에도 자주 인용되지만, "미야자와 겐지는 의성어(擬声語)를 실로 능숙하게 많이 사용하고 있다(小野編 2007:614)."고 서두에 들고 있다. 그러나 영어로 번역할 때에는, 어떤 식으로 번역하면 좋을까 고생하는 일본어의 특징이기도 한다. 미야자와 겐지의 『은하철도의 밤(銀河鉄道の夜)』을 일영 비교 대조하면서 이해를 심화시켜 가는 것을 목적으로 한, 니이지마(新妻)·오노다(小野田)(2015)에서도 일영 대조 포인트의 하나로서 오노매토피어를 들고 있다. 수강하고 있는 학생에게도 매력적인 표현으로 다루어지고, 흥미 있는 지적과 코멘트가 많은 항목이 되고 있다(p.35).……

이와 같은 오노매토피어(음상징어) 사용에 관해 일본어와 영어를 비교하면, 일본어 쪽이 오노매토피어의 종류가 풍부하며, 사용빈도도 높다고 하겠다.

Chang(1990)은, 일본어의 오노매토피어의 특징으로서, 그 수의 방대함, 뉘앙스가 극히 미묘한 것, 문맥의존

도가 높은 것을 들고 있고, 오노매토피어가 실현하고 있는 기능에 관해서는 다음과 같이 설명하고 있다[요시무라(吉村:2007)](p.36).

> 이 음상징어[의성어(擬声語)·의음어(擬音語)·의태어(擬態語)]의 역할은, 일본어의 동사 수가 대단히 부족하기 때문에 대단히 중요한다. 그래서 의태어 오노매토피어[의성어를 voice onomatopoeia, 의음어를 sound onomatopoeia 라고 부른다]의 역할의 하나는, 충분히 기술적으로 표현할 동사가 없을 경우, 그 공백을 보전하고, [기술적인 역할을 담당하며] 간결하게 표현할 수 있도록 하는 것이다. 이들 [의태어 오노매토피어]를 사용함으로써, 생생한 표현이 된다. 모어화자의 마음에 즉시 이미지를 불러일으킬 수가 있고, 따라서, 공감각적(共感覚的)인 효과를 만들어 내고 있다. [요시무라(吉村)(2007:28-29)]

일본어에는 이런 종류의 표현[오노매토피어]이, 유례가 없을 정도로 [타 언어에 비해] 풍부하고, 일상회화나 신문이나 잡지, 특히 표제어에서 많이 사용되고 있다. 그것은, 간결함과 생생한 이미지를 부여하는 힘이 구비되어 있기 때문이다(Ibid. :29).

미야자와 겐지의 작품에는 공감각(共感覚)에 의한 표현이 많이 쓰이고 있고, 그로 인해 공감각자(共感覚者)가 아닐까라고 할 정도이다. 이 공감각에 의한 표현의 대표격이라고도 할 수 있는 것이 오노매토피어이며, … 오노매토피어가 다용될 경우, 환정적(喚情的)인 기능을 지닌다고 하며, 오노매토피어 자체에 '생생한 이미지'를 부여하는 힘이 있다고 서술하고 있다(pp.36-37)….

다모리(田守:2011)는 미야자와 겐지의 독특한 오노매토피어에 관해 고찰하여, 몇 가지 법칙성을 찾아내고 있다. 미야자와 겐지의 오노매토피어 중에는, 일상적으로 사용되지 않은 것도 많이 보이고, 습관적 오노매토피어에서 그 일부를 변화시키거나, 음을 삽입하는 등의 음운현상에 의해 창작되었다고 가정할 수 있다. 다모리(田守:2010)에서는 구체적으로, (1)음을 바꾼다, (2)음을 삽입한다, (3)음의 위치를 치환한다, (4)음을 반복한다고 하는 4개의 법칙에 의해, 습관적 오노매토피어에서 겐지 독특의 오노매토피어가 창작되고 있다고 서술하고 있다(다모리(田守)(2010:118-119)). (p.37) …

다모리(田守 : 2011)에서는 미야자와 겐지의 작품에 있어서, 습관적 오노매토피어에 관해서도 그 사용법이 통상과는 다르다고 분석하고, 미야자와 겐지의 오노매토피어가 왜 독특한 것인지를 밝히고 있고, 겐지 특유의 오노매토피어의 사용법을 다음과 같이 분류하고 있다.

① 통상 쓰이지 않는 동사와 함께 쓴 것
② 통상 함께 쓰이지 않는 동사와 정반대 의미의 동사와 함께 쓴 것
③ 통상 쓰이지 않는 명사(주체)와 함께 쓴 것
④ 통상 쓰이지 않는 명사(대상)와 함께 쓴 것
⑤ 통상 쓰이지 않는 명사 및 동사와 함께 쓴 것
⑥ 비유적으로 쓴 것
⑦ 동사로서 쓰인 것
⑧ 양태부사의 오노매토피어를 결과부사처럼 쓴 것
⑨ 동사가 생략된 것(다모리(田守:2011)) (p.39)

1. 오후 수업

"그럼 여러분은 그런 식으로 강이라고 하거나, 젖이 흐른 흔적이라고 했던, 이 어렴풋이 흰 것이 사실은 무엇인지 알고 있어요?" 선생님은 칠판에 매단 크고 검은 별자리표의, 위에서 아래까지 부옇게 흐려 보이는 은하수와 같은 곳을 가리키면서, 모두에게 질문을 던졌습니다.

캄파넬라가 손을 들었습니다. 그러고 나서 네다섯 명이 손을 들었습니다. 조반니도 손을 들려고 하다가, 서둘러 그대로 그만두었습니다. 확실히 그것이 모두 별이라고, 언젠가 잡지에서 읽었습니다만, 요즘은 조반니는 마치 매일 교실에서도 졸려서, 책을 읽을 틈도 읽을 책도 없어서, 왠지 어떤 것도 잘 모른다고 하는 기분이 드는 것이었습니다.

그런데 선생님이 재빨리 그것을 알아차렸습니다.

"조반니 군, 자네는 알고 있지?"

조반니[1]는 힘차게 일어났습니다만, 일어나보니 똑바로 그것을 대답할 수 없었습니다. 자네리가 앞자리에서 뒤돌아보고 조반니를 보고 쑥 웃었습니다. 조반니는 당황해서 얼굴이 새빨개졌습니다. 선생님이 다시 말했습니다.

"커다란 망원경으로 은하를 잘 조사하면 은하는 도대체 무엇일까요?"

역시 별이라고 조반니는 생각했지만, 이번에도 금방 대답하지 못했습니다.

선생님은 잠시 곤란한 표정을 지었는데, 눈을 캄파넬라 쪽으로 돌리고,

---

1) 조반니[ジョバンニ] : 고독하고 공상을 즐기는 소년. 나이는 수업 내용이나 일에서 사춘기 전이라고 알 수 있다. 집은 가난하고, 어머니가 병으로 오래 자리에 누워 있어, 이른 아침에는 신문배달, 학교가 끝나고 나서는 활판소(인쇄소)에서 아르바이트를 하고 있다. 아버지는 오랫동안 집에 돌아오지 않았다. 고기 잡으러 나가 있다고 조반니는 믿고 있는데, 해달을 밀렵해서 투옥되어 있다는 소문이 있고, 근처 아이들은 그 일로 조반니를 놀린다. 결혼해서 따로 사는 누나가 있고, 음식을 만들어 주거나 한다. 이상은 [フリー百科事典『ウィキペディア(Wikipedia)』
https://ja.wikipedia.org/wiki]에서 인용하여 적의 번역함.

'그럼 캄파넬라 군' 하고 지명했습니다. 그러자 그렇게 자신 만만하게 손을 들었던 캄파넬라[2]가, 역시 망설이며 일어난 채로 대답하지 못했습니다.

선생님은 의외라든 듯, 잠시 가만히 캄파넬라를 보고 있었는데, 급히,

"그럼 됐어"라고 하면서, 직접 별자리를 가리켰습니다.

"이 어렴풋이 흰 은하를 크고 좋은 망원경으로 보면, 더 많은 작은 별로 보여요. 조반니 군 그렇지요"

조반니는 얼굴이 새빨개져서 머리를 끄덕였습니다.

---

2) 캄파넬라[カムパネルラ] : 조반니의 동급생으로 친구며 아버지끼리도 친우이었다. 유복하고, 인기가 많고 우등생으로 묘사되고 있다. 그의 어머니는 '콜색(coalsack)'에 있었다는 점에서 사망한 것으로 미루어 짐작된다. 그러나 조반니의 "아무것도 나쁜 짓을 하지 않았어"라는 말에서 건재한 어머니도 있는 것이 아닌가 하는 견해도 있고, 일견 행복해 보이는 캄파네라의 복잡한 성장 과정이 엿보인다. 다른 동급생이 조반니를 놀릴 때에는 가엾다는 듯이 생각하고 있다. 조반니와 함께 은하철도를 올라타고 함께 여행한다. 현대 표기로서 「カンパネルラ」를 채용하는 서적도 있다(원문에서도 일부 を「カンパネルラ」라고 표기된 개소가 있다).
모델로 추측되는 인물에 가와모토 로쿠세키(河本緑石), 호사카 가나이(保阪嘉内)[이 2명은 모리오카(盛岡)고등농림학교에서 겐지와 친교가 있었다], 미야자와 도시(겐지(賢治)의 친여동생)가 있다. 이상은 [フリー百科事典『ウィキペディア(Wikipedia)』
https://ja.wikipedia.org/wiki]에서 인용하여 적의 번역함.

하지만 어느 사이에 조반니 눈 속에는 눈물이 가득 찼습니다.

〈그래. 나는 알고 있었어. 물론 캄파넬라도 알고 있어. 그것은 언젠가 캄파넬라 아버지인 박사 집에서 캄파넬라와 같이 읽은 잡지 속에 있었다.〉 그뿐만 아니라, 캄파넬라는, 그 잡지를 읽고 나서, 금방 아버지 서재에서 커다란 책을 가지고 와서, 은하라는 데를 펼치고, 새카만 페이지 가득 흰색으로 점들이 있는 아름다운 사진을 둘이서 시간 가는 줄 모르고 보았습니다. 그것을 캄파넬라가 잊을 리가 없었을 텐데, 금방 대답을 하지 않은 것은, 요즘 내가 아침에도 오후에도 일이 힘들어, 학교에 나가도 더 이상 친구들과 같이 또깡또깡 놀지 않고, 캄파넬라와도 별로 말을 안 하게 되어서, 캄파넬라가 그것을 알고 안 됐다고 생각하고 일부러 대답하지 않은 것이다.〉

그렇게 생각하자 참을 수 없을 정도로 나도 캄파넬라도 불쌍하다는 생각이 드는 것이었습니다.

선생님은 다시 말했습니다.

"그러니까 만일 이 은하수가 정말 강이라고 생각하면,

그 하나하나의 작은 별은 그 강바닥의 모래나 자갈 알맹이에도 해당하는 셈이에요. 또 이것을 커다란 젖의 흐름이라고 생각하면, 한층 은하수와 흡사해요. 즉 그 별은 모두, 젖 속에 마치 잘게 떠 있는 기름방울에도 상당해요. 그러면 무엇이 그 강물에 상당하는가 하면, 그것은 진공이라는 빛을 어떤 속도로 전달하는 것으로, 태양이나 지구도 역시 그 속에 떠 있는 거예요. 즉 그 은하수 안에서 사방을 보면, 마치 물이 깊은 만큼 푸르게 보이는 것처럼, 은하수 바닥의 깊고 먼 곳일수록 별이 많이 모여 보이고, 따라서 희고 어렴풋이 보이는 것입니다. 이 모형을 보아요."

선생님은 안에 많이 빛나는 모래알이 들어간 큰 양면의 볼록렌즈를 가리켰습니다.

"은하수의 형태는 마치 이런 것입니다. 이 하나하나 빛나는 알맹이가 모두 우리의 태양과 같이 스스로 빛을 내는 별이라고 생각합니다. 우리의 태양이 이 거의 중간 부분에 있고 지구가 그 바로 가까이에 있다고 하겠습니다. 여러분은 밤에 이 한가운데에 서서 이 렌즈 안을 둘러본다고 해 봐요. 이쪽은 렌즈가 얇아서 약간 빛나는 알맹이 즉 별밖에 보이지 않지요? 이쪽과 이쪽은 유리가 두꺼워서, 빛나는 알맹이 즉 별이 많이 보이고 그 먼 것은 어렴풋이 하얗게 보인다고 하는, 이것이 즉 오늘날의 은하설입니다. 그러면 이 렌즈의 크기는 얼마나 될까? 그리고 그 안에 있는 여러 가지 별에 관해서는 벌써 시간이 됐으니까, 다음 이과 시간에 이야기하겠습니다. 그럼 오늘은 바로 은하 축제이니까, 여러분 밖에 나가 하늘을 잘 보아요. 그럼 여기까지입니다. 책과 노트를 집어넣어요."

그리고 교실 전체가 잠시 책상 덮개를 열거나 닫거나 책을 포개는 소리가 가득 찼습니다만, 이윽고 다들 똑바로 서서 인사를 하고 교실을 나갔습니다.

2. 활판소活版所[3]

조반니가 학교 문을 나설 때, 같은 반의 일고여덟 명은 집에 돌아가지 않고, 캄파넬라를 중심으로 교정 구석에 있는 벚꽃 나무가 있는 곳에 모여 있었습니다. 그것은 오늘밤 별 축제에 파란 등을 만들어서 강에 띄워 보내는 쥐참외를 따러 갈 의논인 것 같았습니다.

하지만 조반니는 손을 크게 흔들고 쿵쿵거리며 학교 문을 나섰습니다. 그러자 마을에 있는 집들에서는 오늘밤의 은하 축제[4]에 주목(朱木) 잎의 방울을 늘어뜨리거

---

3) 활판소 : 활판을 짜서 인쇄를 하는 곳. 인쇄소.

4) 은하 축제(銀河のお祭, 銀河の祭り) : 모리오카(盛岡)시의 후넷코나가시(舟っこ流し)[오쿠리본(백중맞이의 마지막 날로, 친족의 혼을 보내는 날)]가 모델로 된다. 이상은 [フリー百科事典『ウィキペディア(Wikipedia)』 https://ja.wikipedia.org/wiki]에서 인용하여 적의 번역함.

나 노송나무 가지에 등불을 달거나 하며, 여러 가지 준비를 하고 있었습니다.

집으로는 돌아가지 않고 조반니가 마을을 세 개 돌아 어떤 큰 활판소에 들어가 신발을 벗고 올라가서 맨 끝에 있는 큰 문을 열었습니다. 안에는 아직 점심때인데 전등이 켜져 있었고, 많은 운전기가 탁탁 돌고, 헝겊으로 머리를 묶거나 램프 갓을 달거나 한 사람들이, 무엇인가 노래 부르는 것처럼 읽거나 세거나 하면서 일하고 있었습니다.

조반니는 바로 입구에서 세 번째 높은 탁자 테이블에 앉아 있던 사람에게 가서 인사를 했습니다. 그 사람은 잠시 선반을 찾다가,

"이 만큼 집어 갈 수 있을까?"

라고 하면서, 종잇조각 한 장을 건넸습니다. 조반니는 그 사람 탁자 테이블의 발밑에서 하나의 작고 평평한 상자를 꺼내서 건너편의 전등이 많이 켜진, 기대어 세워져 있는 벽의 구석에 쭈그리고 앉아, 작은 핀셋으로 마치 좁쌀 정도의 활자를 계속해서 줍기 시작했습니다. 파란 가슴

막이를 한 사람이 조반니 뒤를 지나가면서,

"어, 안경 군, 안녕"

이라고 말하자, 근처에 있는 네다섯 명이 소리도 내지 않고 이쪽을 향하지도 않고, 차갑게 웃었습니다.

조반니는 몇 번이나 눈을 닦으면서 활자를 많이 주었습니다.

6시가 울리고 잠시 지났을 무렵, 조반니는 주은 활자를 가득 넣은 평평한 상자를 다시 한 번 손에 든 종잇조각과 대조하고 나서, 좀 전의 탁자 테이블에 있는 사람에게 가지고 왔습니다. 그 사람은 잠자코 그것을 받고 살짝 머리를 끄덕였습니다.

조반니는 인사를 하자 문을 열고 계산대에 왔습니다. 그러자 흰옷을 입은 사람이 역시 말없이 작은 은화를 하나 조반니에게 건넸습니다. 조반니는 갑자기 화색이 돌아 씩씩하게 인사를 하고, 계산대 밑에 둔 가방을 들고 밖으로 뛰어나갔습니다. 그리고 기분 좋게 휘파람을 불면서 빵집에 들려 빵 한 덩어리와 각설탕 한 봉지를 사자 쏜살같이 곧장 달리기 시작했습니다.

3. 집

조반니가 씩씩하게 돌아온 곳은, 뒷골목의 거리에 있는 작은 집이었습니다. 그 세 개 나란히 있는, 입구가 가장 왼쪽에는 빈 상자에 보라색 케일이랑 아스파라거스가 심어졌고, 두 개의 작은 창은 차양이 내려진 채로 있었습니다.

"엄마[5], 지금 돌아왔어. 아프지 않았어?" 조반니는 신을 벗으면서 말했습니다.

"아, 조반니, 일 힘들었지? 오늘은 시원해서. 나는 몸

---

5) 조반니의 어머니 : 병으로 자리에 누워 있고, 조반니가 어려서부터 일을 하지 않으면 안 되는 요인의 하나로 되어 있다. 작품 속에서는 병의 증상은 불명이지만, 대화 중에서 옛날을 회고한 조반니가 "옛날에는 좋았다" 라고 말하고 있다는 점에서 조반니가 본편(本編)보다 어릴 때는, 어머니가 건강했을 것이라고 생각된다(혹은 병 증상이 가벼웠다). 이상은 [フリー百科事典『ウィキペディア(Wikipedia)』 https://ja.wikipedia.org/wiki]에서 인용하여 적의 번역함.

이 훨씬 좋아"

조반니는 현관에서 들어가자, 조반니의 어머니가 바로 입구에 있는 방에 흰 천을 쓰고 누워 있었습니다. 조반니는 창을 열었습니다.

"엄마. 오늘은 각설탕 사 왔어. 우유에 넣어 주려고."

"아, 네가 먼저 마셔. 나는 아직 생각이 없으니까."

"엄마. 누나는 언제 돌아갔어?"

"아, 세 시쯤 돌아갔어. 잡다한 일까지 전부 다 해 주고."

"엄마 우유는 안 왔을까?"

"안 왔나 보지."

"내가 가서 받아 올 게."

"아, 나는 천천히 먹어도 되니까 네가 먼저 먹어, 누나가 말이지, 토마토로 뭔가 만들어서 거기에 두고 갔어."

"그럼 내가 먼저 먹을 게."

조반니는[6] 창 쪽에서 토마토 접시를 집어서 빵과 함께 잠시 게걸스럽게 먹었습니다.

---

6) 「　ジョバンニは」는 저본에서는 「「ジョバンニは」로 나와 있다.

"있잖아? 엄마. 나 아빠가 얼마 안 있으면 반드시 돌아올 것 같아."

"아, 나도 그렇게 생각해. 하지만 너는 왜 그렇게 생각해?"

"그건 말이야, 오늘 아침 신문에 올해는 북쪽 고기잡이가 매우 좋았다고 쓰여 있었어."

"아 그런데 말이야, 아빠는 고기 잡으러 안 나갔는지도 몰라"

"틀림없이 나갔을 거야. 아빠가 감옥에 들어갈 그런 나쁜 짓을 했을 리가 없으니까. 요전에 아빠가 가지고 와서 학교에 기증한 커다란 게 등딱지랑 순록 뿔이랑 지금도 모두 표본실에 있어. 6학년 수업 때 선생님이 번갈아 가며 교실로 가지고 가."

"아빠는 요 다음에는 너에게 해달로 만든 웃옷을 가지고 오겠다고 했는데."

"다들 나를 만나면 그 이야기를 해. 놀리듯이 말하는 거야."

"너에게 욕을 해?"

"응, 하지만 캄파넬라 같은 애는 절대 말 안 해. 캄파넬라는 다들 그런 말을 할 때는 내가 가엾다는 식으로 행동해."

"캄파넬라 아버지와 우리 집 아빠는, 마치 너희들처럼 어릴 때부터 친구였다고 해."

"그래서 아빠는 나를 캄파넬라 집에도 데리고 갔어. 그 때는 좋았는데. 나는 학교에서 돌아오는 도중, 자주 캄파넬라 집에 들렀어. 캄파넬라 집에는 알코올램프로 달리는 기차가 있었어. 레일을 일곱 개 짜 맞추면 둥글게 되고, 그것에 전주나 신호 표지도 달려 있어 신호 표지의 불빛은 기차가 다닐 때만 파랗게 변하게 되어 있었다. 언젠가 알코올이 없어졌을 때 석유를 사용했더니, 깡통은 완전히 그을었어."

"그래?"

"지금도 매일 아침 신문을 배달하러 가. 하지만 항상 집 전체가 쥐 죽은 듯이 조용하니까"

"일러서 그래."

"자우에루라는 개가 있어. 꼬리가 마치 빗자루와 같

아. 내가 가면 킁킁거리며 따라와. 죽 마을 모퉁이까지 따라와. 더 따라온 적도 있어. 오늘밤은 다 같이 쥐참외의 등불을 강에 떠내려 보내려고 간대. 틀림없이 개도 따라 가."

"그래. 오늘밤은 은하 축제이네."

"응. 우유 받아오면서 보고 올 게."

"아 갔다가 오렴. 강에는 들어가지 말고."

"아, 난 강가에서 보기만 할 거야. 한 시간이면 갔다가 와"

"더 놀고 오렴. 캄파넬라 군과 함께 있으면 걱정이 없으니까"

"아 틀림없이 함께 있을 거야. 엄마 창 닫아 둘까?"

"아, 어떻게 할까? 이제 시원하니까."

조반니는 서서 창을 닫고, 접시나 빵 봉지를 치우자 힘차게 신발을 신고,

"그럼 한 시간 반 안에 돌아올 게."라고 하면서 어두운 출입구를 나왔습니다.

4. 켄타우루축제[7]의 밤

7) 켄타우루축제 : 미야자와 겐지(宮沢賢治)의 작품 중에서도 가장 유명한 것 중의 하나인 「은하철도의 밤(銀河鉄道の夜)」의 이야기 속에 「켄타우루축제(ケンタウル祭)」라고 하는 이상한 이름의 축제가 등장한다. 이야기의 중심이 별자리를 둘러싼 꿈의 여행이기 때문에, 이 명칭은 켄타우로스자리(Centaurus)에 관련된 것으로 생각되어왔다. 그러나 이 명칭은 겐지(賢治)의 젊을 날의 단카(短歌)에 처음 나오고, 그 내용이나 시기에서 별자리와는 관계없이, 그리스 신화의 반인반마(半人半馬)의 괴물 켄타우로스(Kentauros)의 독일어 켄타우로스[Kentaur]를 그대로 축제 명칭에 사용한 것임을 알았다. 이 시기, 겐지는 모리오카(盛岡)고등농림학교에서 말 사육 관리와 독일어를 배우고 있었고, 챠구차구우마코(チャグチャグ馬コ ; 이와테(岩手)현(県) 다키자와시(滝沢市)와 모리오카시(盛岡市)에서 매년 6월 두 번째 토요일에 실시되는 축제를 비롯한 말 산지인 이와테의 사람과 말 축제에서 발상한 것이다. 그리고 키메라[Chimera]에 관심이 있었던 겐지는 인간의 상반신과 말의 하반신을 지닌 켄타우루를, 이성(理性)과 본능적 욕망의 갈등에 고민하는 자신에 비겼다. 이와테(岩手)와 마찬가지로, 말을 축복함으로써 봄의 농경의 시작에 풍요를 기원하는 독일에도 있는 민속을 겐지는 아마 배우고, 젊은 남성으로서의 고양감을 켄타우루축제로 나타낸 것이다. 나중에 소년을 위한 이야기 「은하철도의 밤」에 이 이름의 축제를 짜 넣지만, 세상이 조용하고 태평한 이야기와는 잘 융합되지 않고, 결국은 삭제되거나 「은하 축제」나 「별축제」라고 하는 명칭이 덧붙여지고, 켄타우루축제의 이미지는 희박해졌다. 이상은 이와테(岩手) 현립대학(県立大学) 종합정책학회(総合政策学会) https://ci.nii.ac.jp/naid/110008753990에서 인용하여 적의 번역함.

조반니는, 휘파람을 불고 있는 그런 적적한 입 모양을 하고 노송나무가 시커멓게 늘어선 마을의 비탈길을 내려왔습니다.

고개 밑에 커다란 가로등 하나가 푸르스름하게 멋지게 빛을 내며 서 있었습니다. 조반니가 쿵쿵하며 전등 쪽으로 내려가자, 지금까지 괴물처럼 길고 희미하게 뒤로 물러나 있던 조반니의 그림자는, 점점 짙고 검고 확실해져서, 발을 올리거나 손을 흔들거나 조반니의 옆쪽으로 돌아오는 것이었습니다.

(나는 멋진 기관차다. 여기는 비탈이니까 빨라. 나는 지금 그 전등을 지나쳐 앞지른다. 봐라! 이번에는 내 그림자는 컴퍼스다. 저렇게 휙 돌아, 앞으로 왔다)
라고 조반니가 생각하면서, 성큼성큼 가로등 밑을 지나갔을 때, 갑자기 낮의 자네리[8]가, 새 옷깃이 뾰족한 셔츠를 입고, 전등 맞은편의 어두운 골목에서 나와서 휙하고

---

8) 자네리[ザネリ] : 조반니의 동급생. 무리와 함께 “아버지로부터 해달로 만든 웃옷이 와” 라고 말하며 조반니를 놀린다. 쥐참외 등불을 띄워 보낼 때, 강에 빠져, 캄파넬라가 구한다. 이상은 [フリー百科事典『ウィキペディア(Wikipedia)』 https://ja.wikipedia.org/wiki]에서 인용하여 적의 번역함.

조반니와 스치듯 지나갔습니다.

"자네리, 쥐참외 띄워 보내러 가는 거야" 조반니가 아직 그렇게 말을 다 마치기 전에,

"조반니, 아버지로부터 해달로 만든 웃옷이 와" 그 아이가 쏘아붙이듯이 뒤에서 소리를 질렀습니다.

조반니는, 확 - 하고 가슴이 차가워지고, 그 부근이 전부 날카롭게 울리는 것처럼 생각했습니다.

"뭐야? 자네리" 하며 조반니는 소리 높게 뒤받아 소리를 질렀습니다만, 이미 자네리는 건너편 노송나무가 심어진 집 안으로 들어갔습니다.

(자네리는 어째서 내가 아무것도 안 했는데, 저런 말을 하는 것일까? 달릴 때는 마치 쥐와 같은 주제에. 내가 아무 짓도 안 했는데 저런 말을 하는 것은 자네리가 멍청하기 때문이다)

조반니는, 바삐 여러 가지 일을 생각하면서, 각가지 등불이나 나뭇가지로, 아주 아름답게 장식된 거리를 지나갔습니다. 시계방에는 밝게 네온등이 켜지고, 1초마다 돌로 만든 올빼미의 빨간 눈이, 핵핵 움직이거나 여러 가

지 보석이 바다 같은 색을 한 두꺼운 유리판에 얹혀져, 별처럼 천천히 돌거나, 또 건너편으로부터 동으로 만든 인마(人馬)[9]가 천천히 이쪽으로 돌아오는 것이었습니다. 그 한가운데에 동그랗고 검은 별자리 조견(早見)[10]이 파란 아스파라거스 잎으로 장식되어 있었습니다.

조반니는 무언가에 마음을 빼앗겨서, 그 별자리 그림을 넋을 잃고 보았습니다.

그것은 낮에 학교에서 본 그 그림보다는 훨씬 작았습니다만, 그 날짜와 시간을 맞춰 판을 돌리면, 그때 나와 있는 하늘이 그대로 타원형 안에 돌아서 나타나도록 되어 있고, 역시 그 한가운데에는 위에서 아래에 걸쳐 은하가 희미하게 흐려 보이는 그런 띠가 되어서, 그 아래쪽에서는 미약하게 폭발해서 수증기라도 뿜어내고 있는 것처럼 보이는 것이었습니다. 그리고 그 뒤에는 다리가 세 개 달린 작은 망원경이 노랗게 빛나며 서 있었고, 가장 뒤에 있는 벽에는 하늘 전체의 별자리를 이상한 짐승이나 뱀

---

9) 인마(人馬) : 허리에서 위가 인간, 아래가 말인 가공의 동물.

10) 별자리 조견(早見) : 별자리의 위치 등을 한눈에 알 수 있는 것.

이나 물고기나 병 모양으로 그린 커다란 그림이 걸려 있었습니다. 정말로 이런 모양의 전갈[11]이나 용사가 하늘에 잔뜩 있는 것일까? 아, 나는 그 안을 끝까지 걸어 보고 싶다고 생각하거나 하며 잠시 멍하니 서 있었습니다.

그러고 나서 갑자기 엄마 우유를 생각해 내고 조반니는 그 가게를 떠났습니다.

그리고 끼어서 갑갑한 웃옷의 어깨를 신경 쓰면서, 그래도 일부러 가슴을 펴고 크게 손을 흔들며 마을을 지나갔습니다.

공기는 맑디맑아, 마치 물처럼 거리나 가게 안을 흘렀고, 가로등은 전부 새파란 아지랑이나 졸참나무 가지로 싸여, 전기회사 앞의 여섯 그루의 플라타너스 나무 등은, 안에 많은 소형 전구가 달려 있고, 정말 거기는 인어의

---

11) 전갈(蠍, 원작에서는 '蝎') : 전갈의 불의 에피소드는 본 작품 중에서 중요한 곳에서 인간의 죄, 원죄 문제가 다루어지고 있다. 전갈자리는, 별의 우의(寓意)를 풍부하게 사용한 미야자와 겐지의 작품군(作品群) 중에서도 가장 많이 나타나는 것으로, 겐지가 가장 좋아했던 별자리라고 한다. 전갈의 불의 에피소드에서 이야기하는 주제는 「요다카의 별(よだかの星)」과 매우 가까운 것이 있다. 이상은 [フリー百科事典『ウィキペディア(Wikipedia)』 https://ja.wikipedia.org/wiki]에서 인용하여 적의 번역함.

도읍처럼 보였습니다. 아이들은 모두 새 꺾기가 달린 옷을 입고, 별 순례[12]의 휘파람을 불거나,

"켄타우르스, 이슬을 내리게 하라[13]" 라고 소리를 지르며 달리거나, 파란 마그네시아[14] 불꽃을 태우거나 하며, 즐겁게 놀고 있는 것이었습니다. 그러나 조반니는 어느 사이에 다시 푹 목을 늘어뜨리고, 그 부근의 흥청거림과는 마치 다른 것을 생각하면서, 우유가게 쪽으로 서둘렀습니다.

조반니는, 어느 사이에 변두리의 포플러 나무가 몇 그루나 몇 그루나, 높이 별 하늘에 떠 있는 데에 와 있었습니다. 그 우유가게의 검은 문을 들어가서, 소 냄새가 나는 어둑어둑한 부엌 앞에 서서, 조반니는 모자를 벗고,

---

12) 별 순례 : 미야자와 겐지(宮沢賢治) 작사 작곡의 노래 「별 순례의 노래(星めぐりの歌)」를 가리킨다. 이상은 [フリー百科事典『ウィキペディア(Wikipedia)』 https://ja.wikipedia.org/wiki]에서 인용하여 적의 번역함.

13) 켄타우르스 이슬을 내리게 하라 : 은하 축제에서 소리 높여 부르는 주문과 같은 맞춤 소리로 겐지의 조어. 궁수자리인 케이론은 사람의 생사를 나누는 의술이 뛰어난 반인반마의 신. 이상은 [フリー百科事典『ウィキペディア(Wikipedia)』 https://ja.wikipedia.org/wiki/]에서 인용하여 적의 번역함.

14) 마그네시아(magnesia) : 산화마그네슘.

"안녕하세요." 라고 말했더니, 집안은 쥐 죽은 듯 조용하고 아무도 있는 것 같지 않았습니다.

"안녕하세요, 누구 계세요?" 조반니는 똑바로 서서 다시 불렀습니다. 그러자 잠시 후, 나이 먹은 여자가 어디 아픈 것처럼 천천히 나와서, 무슨 볼일이냐고 입속에서 말했습니다.

"저, 오늘 우유가 우리 집에 오지 않아서 받으러 찾아왔습니다" 조반니가 열심히 씩씩하게 말했습니다.

"지금 아무도 없어서 몰라요. 내일 받으러 오세요." 그 사람은 빨간 눈 밑을 비비면서, 조반니를 내려다보며 말했습니다.

"엄마가 아파서 오늘밤이 아니면 곤란해요"

"그럼 조금 더 있다가 오세요" 그 사람은 이미 가 버릴 것 같았습니다.

"그렇습니까? 그럼 고마워요" 조반니는 인사를 하고 부엌에서 나왔습니다.

십자로 된 마을 모퉁이를 돌려고 했더니, 건너편 다리 쪽에 있는 잡화점 앞에서, 검은 그림자와 희미한 흰 셔츠가 뒤섞여서, 육칠 명의 학생들이 휘파람을 불거나 웃거나 하며, 각자 쥐참외의 등불을 들고 다가오는 것을 보았습니다. 그 웃음소리도 휘파람도, 다 들은 기억이 있는 것이었습니다. 조반니의 동급생인 어린이들이었던 것입니다. 조반니는 엉겁결에 덜컹해서 돌아가려고 했습니다만, 마음을 고쳐먹고, 더욱 힘차게 그쪽으로 걸어갔습니다.

“강에 가” 조반니가 말하려고 하다가, 조금 목이 막힌 것처럼 생각했을 때,

“조반니, 해달로 만든 웃옷이 와” 아까 나타난 자네리가 다시 소리를 질렀습니다.

“조반니, 해달로 만든 웃옷이 와” 곧바로 다들 계속해서 소리를 질렀습니다. 조반니는 얼굴이 새빨개져서, 이미 걷고 있는지도 모르고, 서둘러 지나가려고 했더니, 그 안에 캄파넬라가 있었습니다. 캄파넬라는 가엾다는 듯이, 아무 말을 하지 않고 조금 웃고, 화내지 않을까 라고 말하는 것처럼 조반니 쪽을 보고 있었습니다.

조반니는, 도망치듯이 그 눈을 피해, 그리고 캄파넬라

의 키가 큰 형태가 지나가고 얼마 안 있어, 다들 제각기 휘파람을 불었습니다. 마을 모퉁이를 돌 때, 뒤돌아보니, 자네리가 역시 뒤돌아보고 있었습니다. 그리고 캄파넬라도 또한 크게 휘파람을 불며 건너편에 어렴풋이 보이는 다리 쪽으로 걸어 가 버렸습니다. 조반니는, 아무 말도 못하고 쓸쓸해져서 갑자기 달리기 시작했습니다. 그러자 귀에 손을 대고, 와와 하면서 한쪽 발로 깡충깡충 뛰고 있던 어린 아이들은 조반니가 재미있게 뛴다고 생각하고, 와 하며 소리를 질렀습니다.

얼마 후 조반니는 달리기 시작해서 검은 언덕 쪽으로 서둘러 갔습니다.

5. 천기륜天気輪[15] 기둥

목장 뒤는 완만한 언덕이 되어, 그 검고 평평한 정상은, 북쪽의 대웅성(큰곰별) 아래에, 어렴풋이 평소보다도 낮고 나란히 줄지어 보였습니다.

조반니는, 이미 이슬이 내려앉은 작은 숲의 작은 길을 쿵쿵 올라갔습니다. 아주 캄캄한 풀이랑, 여러 가지 형태로 보이는 덤불의 수풀 사이를, 그 작은 길이, 한 줄기 희게 별빛에 의해 비추어 드러나 있었습니다. 풀 속에는, 번쩍번쩍 푸른빛을 내는 작은 벌레가 있고, 어떤 잎은 파랗게 훤히 비쳐 보여, 조반니는, 아까 모두가 가지고 간

---

15) 천기륜(天気輪) : 『은하철도의 밤』에 등장하는 표현으로, 미야자와 겐지(宮沢賢治)에 의한 조어(造語)라고 생각되고 있다. 구체적으로 무엇을 가리키고 있는지에 관해서는 여러 가지 설이 있고, 그 설을 분류하면, 불교 유래의 건조물, 종교적 개념, 천문현상으로 나누어진다.

쥐참외의 등불과 같다고도 생각했습니다.

그 새까만 소나무나 졸참나무 수풀을 넘자, 갑자기 휑하게 하늘이 펼쳐지고, 은하수가 희읍스름하게[16] 남쪽에서 북쪽에 걸쳐 있는 것이 보이고, 또 정상의 천기륜 기둥[17]도 분간할 수 있었습니다. 조종초(釣鐘草)[18]인지 들

---

16) 「天の川がしらしらと南から北へ亘わたっているのが見え」(은하수가 희읍스름하게 남쪽에서 북쪽에 걸쳐 있는 것이 보이고)의 「しらしらと」에 관해서는 사전류에서는 ①날이 차차 밝아 오는 모양. (=しらじら) ②희게 빛나는[보이는] 모양 : 희붐히, 희읍스름하게. 와 같이 설명하고 있고, 니이즈마 아키코(新妻明子:2016)에서는 「しらしら」는 「白白(しらじら)」와 동의(同義)로서, 사전에 의하면, 「새벽이 되어, 점차 하늘이 밝아지는 모양.」이라는 의미이다. [이에 대해 영어 번역본 A, C, D에서는 희미하고 온화한 하얀 것이라고 표현하고 있는 것에 대해, B에서는 산뜻한 하얀 것으로서 표현하고 있다. 그리고 C, D에서 사용되고 있는 "soft"는 공감각에 의한 표현이라고 할 수 있다. 이상은 역자에 의한 보충] 「しらしら」라는 것이 어떤 상태인가는, 역자의 이미지의 차이가 표현에 나타나고 있다. 이상은 新妻明子(2016) 「宮沢賢治『銀河鉄道の夜』におけるオノマトペー日英比較対照と解釈のプロセスー」(「미야자와 겐지 『은하철도의 밤』에 있어서의 오노매토피어 - 일영비교대조와 해석 프로세스 - 」 『常葉大学短期大学部紀要』(『도코하대학 단기대학부 기요』) 47号 pp. 39-40에서 인용.

17) 천기륜 기둥 : 조어(造語)인데, 구체적으로 무엇을 가리키는지에 관해 정설은 없다. 묘지 입구에 설치되는 천기주(天気柱, 도후쿠(東北) 지방에 있어서의 묘지나 마을 경계에 보이며, 농경에 혜택을 가져오는 날씨를 빌고, 사자를 애도할 목적으로 설치된 불교적인 종교 설비의 일종이다.)라는 설과, 일몰 직후에 발생하는

국화인지의 꽃이, 그 부근에 가득, 꿈속에서라도 좋은 냄새가 풍겨 났다고 하는 것처럼 피고, 새가 한 마리, 언덕 위를 계속 울어대며 지나갔습니다.

조반니는, 정상의 천기륜 기둥 아래에 와서 쿵쿵하며 요동치는 몸을 차가운 풀에 내던졌습니다.

마을의 등불은, 어둠 속을 마치 바다 밑바닥에 있는 신사의 경치처럼 켜지고, 아이들의 노래하는 소리랑 휘파람, 끊어질 것 같은 외침소리도 희미하게 들려오는 것이었습니다. 바람소리가 멀리서 나고, 언덕의 풀도 조용히 살랑거리며, 조반니의 땀으로 젖은 셔츠도 차갑게 식혀졌습니다.

들판에서 기차 소리가 들려왔습니다. 그 작은 열차 창은 한 줄로 작게 빨갛게 보이고, 그 안에는 많은 여행객들이, 사과를 깎거나, 웃거나, 여러 가지 방식으로 하고 있다고 생각하자, 조반니는 더 이상 아무 말도 못하고 슬

자연현상인 해기둥(太陽柱)이라는 주장이 있다. 이상은 [フリー百科事典『ウィキペディア(Wikipedia)』 https://ja.wikipedia.org/wiki] 에서 인용하여 적의 번역함.

18) 조종초(釣鐘草) : 풍령초(風鈴草). 잔대 · 종덩굴 · 초롱꽃 등과 같이 종상화(鐘狀花)가 피는 풀의 통칭.

펴져서, 다시 하늘을 쳐다보았습니다.

(미정 원고인 관계로 이 사이 원고 5장 분량 없음)

그런데 아무리 보고 있어도, 그 하늘은 낮에 선생님이 말한 것 같은, 휑뎅그렁하고 차가운 곳이라고는 생각되지 않았습니다. 그러기는커녕, 보면 볼수록, 거기는 작은 수풀이랑 목장이 있는 들판처럼 생각되어 견딜 수가 없었습니다. 그리고 조반니는 파란 거문고별이, 세 개나 네 개가 되어, 깜박깜박 반짝이고, 다리가 몇 번이나 나갔다가 안으로 들어갔다가 하며, 결국 버섯처럼 길게 뻗어 있는 것을 보았습니다. 또 바로 눈 아래에 있는 마을까지가, 역시 어렴풋한 많은 별의 집합인지 하나의 커다란 연기와 같이 보이는 것처럼 생각했습니다.

6. 은하 정거장

그리고 조반니는 바로 뒤에 있는 천기륜 기둥이 어느 사이에 희미한 삼각점표(三角覘標)[19]의 형태가 되어, 잠

---

19) 삼각점표(三角覘標)[삼각표(三角標)] : 작품 중에, 별들은 삼각점표(三角覘標)로 표현되고 있다. 삼각표(三角標)이란, 삼각측량 시에 이용한 측표(測標)[일시표지(一時標識)]인 삼각점표를 말한다. 이것은 삼각점을 설치할 때, 측량 시의 목표물을 삼기 위한 것으로, 당시에는 육지측량부(陸地測量部)[국토지리원(国土地理院)의 전신]이 전국의 지형도 작성을 담당하여, 위치의 기준으로 삼을 목적으로 삼각점표(三角覘標)를 설치하고 있었다. '삼각표(三角標)'는 삼각점표(三角覘標)에서 겐지가 생각한 용어라고 하는 해석이 일반적이다. 또한 등산가들 사이에서는 삼각점표(三角覘標)를 삼각표(三角標)라고 부르고 있던 예가 있으며, 겐지의 1911년 단카(短歌)에도 몇 개 작품에 사용예가 있다. 측량에 조예가 깊었던 겐지는, 현대의 VERA프로젝트[VERA는 은하계의 3차원 입체지도를 만드는 프로젝트]]의 도래를 이미지하고 있었던 것이 아닐까 이야기되고 있다.
이상은 [フリー百科事典『ウィキペディア(Wikipedia)』
https://ja.wikipedia.org/wiki]에서 인용하여 적의 번역함.

시 동안 개똥벌레처럼, 깜박거리며[20) 사라지거나 불이

20) 「ぺかぺか消きえたりともったりしているを見ました」(깜박거리며 사라지거나 불이 켜지거나 하는 것을 보았습니다)의 「ぺかぺか」에 관해 니이즈마 아키코(新妻明子:2016)에서는 영어역에서는 오노매토피어에 직접 대응하는 어구는 동사로 표현되고, 겐지의 독특한 표현이 상실되고 만다. 이와 관련하여, (1b)의 flicker의 의미를 영일사전과 영영사전에서 조사해 보면, 다음과 같이 기재되어 있다.

(3) a. 〈등불 등이〉 명멸한다, ちらちら揺れて消える(반짝반짝 흔들리고 사라지다)(주니어영일사전)

b. (of light or a source of light) shine unsteadily; vary rapidly in brightness (Oxford Dictionary of English)

일본어에서는 사전의 의미에도 「ちらちら」라고 하는 오노매토피어가 사용되고 있어, 이 점이 일본어의 특색인 것을 알 수 있다. 한편, 영어에서는 부사로 양태를 나타내고 있어, 의태어에 관해서는 특별히 그대로 영어로 하는 것은 곤란하다고 할 수 있다. 이상은 新妻明子(2016) 「宮沢賢治『銀河鉄道の夜』におけるオノマトペー日英比較対照と解釈のプロセスー」『常葉大学短期大学部紀要』 47号 常葉大学短期大学. p.36에서 인용

(12) ぺかぺか消えたりともったりしているのを見ました。

(깜박거리며 사라지거나 불이 켜지거나 하는 것을 보았습니다)

(13) 青くぺかぺか光ったり消えたりしていましたが・・・

(파랗게 깜박거리며 빛나거나 꺼지거나 했습니다만,)

(12)는 천기륜, (13)은 독수리의 모습을 나타내고 있는데, 「ぴかぴか」를 「ぺかぺか」로 바꾼다고 하는 겐지 법칙 (7a)에 상당한다. 영어에서는, “glimmer”「깜박거리며 빛나다」, “flash”「번쩍이다」, “flicker”「명멸하다」, “gleam”「(희미하게·둔하게·하얗게) 빛나다」, “pulse”「맥이 뛰다」와 같이 동사로 표현되고 있다. 겐지의 법칙 (7)에서 분석되어 있는 그런 음운현상에 의한 창작을, 그대로 영어에 반영할 수 없기 때문에, 영어역만 읽고 있어도 겐지의 독자성은

켜지거나 하는 것을 보았습니다. 그것은 점점 확실해지고, 드디어 늠름하게 움직이지 않게 되고, 짙은 청동 하늘 들판에 섰습니다. 지금 새로 막 달군 파란 동판과 같은, 하늘 들판에 똑바로 꼿꼿하게 섰습니다.

그러자 어딘가에서, 이상한 소리가, 은하 정거장, 은하 정거장이라는 소리가 났다고 생각했는데, 갑자기 눈앞이, 확 밝아지고, 마치 무척 많은 불똥꼴뚜기 불을 한꺼번에 화석으로 만들고, 하늘 전체에 가라앉혔다고 하는 것처럼, 그리고 다이아몬드회사에서 가격이 싸지지 않도록, 일부러 채굴되지 않은 것처럼 하고, 숨겨 둔 금강석을 누군가가 갑자기 뒤집어, 마구 뿌린 것처럼, 눈앞이 확 밝아지고, 무의식중에 몇 번이나 눈을 비볐습니다.

정신을 차려 보니, 아까부터 덜커덩덜커덩하며, 조반니가 타고 있는 작은 열차가 계속 달리고 있었습니다. 정말 조반니는, 밤의 경편철도(軽便鉄道)[21]의, 작고 노란

음미할 수 없을 것이다. 이상은 新妻明子(2016) 「宮沢賢治『銀河鉄道の夜』におけるオノマトペ―日英比較対照と解釈のプロセス―」(「미야자와 겐지 『은하철도의 밤』에 있어서의 오노매토피어 - 일영비교대조와 해석 프로세스 - 」『常葉大学短期大学部紀要』(『도코하대학 단기대학부 기요』) 47号 p.46에서 인용.

전등이 늘어선 승객실에, 창을 통해 밖을 보면서 앉아 있었습니다. 승객실 안은 파란 벨벳을 깐 의자가, 마치 텅 비였고, 맞은편의 쥐색 니스를 칠한 벽에는, 신주의 커다란 버튼이 두 개 빛나고 있었습니다.

바로 앞자리에, 젖은 듯이 새카만 웃옷을 입은, 키가 큰 어린이가 창에서 머리를 내밀고 밖을 보고 있는 것을 깨달았습니다. 그리고 그 어린이의 어깨 부근이 왠지 본 적이 있는 듯한 생각이 들자, 이제 아무리 해도 누구인지 알고 싶어져서 참을 수 없게 되었습니다. 갑자기 이쪽도 창에서 머리를 내밀려고 했을 때, 갑자기 그 어린이가 머리를 끌어당기고 이쪽을 보았습니다.

그것은 캄파넬라였던 것입니다. 조반니가, "캄파넬라, 너는 전부터 여기에 있었어?"라고 말하려고 했을 때, 캄파넬라가,

"다들 말이지, 무척 빨리 달렸지만, 늦어졌어. 자네리도 말이야, 무척 빨리 달렸지만, 따라잡지 못했어"라고 말했습니다.

21) 경편철도(輕便鐵道) : 궤도 폭이 좁고, 소형 기관차 및 차량을 이용하는 철도의 속칭.

조반니는,

(맞아, 우리는 지금, 같이 가자고 해서 나간 거다.) 라고 생각하면서,

"어딘가에서 기다리고 있을까?" 라고 말했습니다. 그러자 캄파넬라는,

"자네리는 벌써 돌아갔어. 아버지가 마중하러 왔어"

캄파넬라는, 왠지 그렇게 말하면서, 조금 얼굴색이 새파래져서, 어딘가 고통스러운 것 같았습니다. 그러자 조반니도, 왠지 어딘가에 무엇인가 잊어버린 것이 있는 그런 이상한 기분이 들어, 잠자코 있었습니다.

그런데 캄파넬라는, 창을 통해 밖을 엿보면서, 이제 완전히 힘을 되찾고, 씩씩하게 말했습니다.

"아, 아차. 나, 물통을 두고 왔네. 스케치북도 잊어버리고 왔네. 하지만 상관없어. 이제 곧 백조 정거장이니까. 나, 백조를 보면, 정말 좋아. 강 멀리 날고 있다고, 나에게는 반드시 보여"

그리고 캄파넬라는, 동그란 판자처럼 된 지도를, 열심히 빙빙 돌리며 보고 있었습니다. 정말, 그 안에, 희게 나

타난 은하수의 왼쪽 물가를 따라 한 줄기 철도선로가, 남쪽으로 남쪽으로 더듬어 찾아가는 것이었습니다. 그리고 그 지도의 훌륭한 점은, 밤처럼 새카만 판 위에, 하나하나의 정거장이나 삼각점표(三角覘標), 샘물이랑 숲이, 파란색이랑 주황색이랑 녹색이랑, 아름다운 빛으로 온통 박혀 있었습니다.

조반니는 왠지 모르게 그 지도를 어딘가에서 본 것 같은 생각이 들었습니다.

“이 지도는 어디에서 샀어? 흑요석으로 만들어져 있네.”

조반니가 말했습니다.

“은하 정거장에서, 받았어. 넌 안 받았어?”

“아, 나 은하 정거장을 통과했을까? 지금 우리가 있는 곳, 여기이지?”

조반니는, 백조라고 쓰여 있는 정거장의 표지의, 바로 북쪽을 가리켰습니다.

“아참. 어, 저 강가의 모래밭은 달밤일까?” 그쪽을 보니, 푸르스름하게 빛나는 은하의 물가에, 은색 하늘의 참억새가, 벌써 마치 온통 바람에 찰랑찰랑 흔들리고 움직이며, 파도를 일으키고 있는 것이었습니다.

"달밤이 아니야. 은하이니까 빛나는 거야" 조반니는 말하면서, 마치 뛰어오르고 싶을 정도로 유쾌해져서, 발을 또박또박 소리 내며, 창에서 얼굴을 내밀고, 높이 높이 별 순례의 휘파람을 불면서 열심히 발돋움해서, 그 은하수의 물을 끝까지 지켜보려고 했습니다만, 처음에는 아무리 해도 그것이 확실치 않았습니다. 하지만 점점 주의해서 보자, 그 깨끗한 물은 유리보다도 수소보다도 투명해서, 가끔 눈 상태 때문인지, 가물가물 보라색의 잔파도를 일으키거나, 무지개처럼 번쩍 빛나면서, 소리도 없이 계속해서 흘러가고, 들판에는 이쪽에도 저쪽에도, 인광의 삼각점표(三角覘標)가, 아름답게 서 있던 것입니다. 먼 것은 작고, 가까운 것은 크고, 먼 것은 주황색이나 노란색으로 확실히, 가까운 것은 파르스름하게 약간 희미하게 보이거나, 혹은 삼각형, 혹은 장방형, 혹은 번개나 사슬 모양, 여러 가지로 늘어서서, 들판 가득히 빛나고 있는 것이었습니다. 조반니는, 마치 두근거려, 머리를 몹시 흔들었습니다. 그러자 정말, 그 아름다운 들판이 온통 푸른색과 주황색과, 여러 가지 빛나는 삼각점표(三角覘標)도, 제각기 숨을 돌리는 것처럼, 가물가물 일렁대거나 흔들리거나 했습니다.

"나는 정말, 하늘의 들판에 다 왔다" 조반니는 말했습니다.

"게다가 이 기차는 석탄을 때고 있지 않네" 조반니가 왼손을 앞으로 쑥 내밀고, 창에서 앞쪽을 보면서 말했습니다.

"알코올이나 전기일 거야" 캄파넬라가 말했습니다.

그러자 때마침 그것에 대답하는 것처럼, 어딘가 먼곳의 먼곳의 아지랑이의 아지랑이 속에서, 첼로와 같은 굉장히 큰 소리가 들려왔습니다.

"이곳 기차는, 스팀이나 전기로 움직이고 있지 않아. 그냥 움직이는 것처럼 되어 있어서 움직이고 있는 거야. 덜커덩덜커덩하며 소리를 내고 있다고, 그렇게 너희는 생각하고 있지만, 그것은 지금까지 소리를 내는 기차에만 익숙해져 있기 때문이야."

"저 소리, 난 여러 번 어딘가에서 들었어."

"나도 수풀 속과 강에서 여러 번 들었어."

덜커덩덜커덩, 그 작고 아름다운 기차는, 하늘의 참억새가 바람에 나부끼는 속을, 은하수의 물이랑, 삼각점(三角点)[22]의 푸르스름한 희미한 빛 속을 끝까지 끝까지 달려가는 것이었습니다.

"아, 용담꽃이 피어 있어. 벌써 완연한 가을이네."

캄파넬라가 창밖을 가리키며 말했습니다.

선로의 가장자리가 된, 짧은 영지 속에, 마치 월장석으로 새겨진 것 같은, 멋진 보라색의 용담화가 피어 있었습니다.

"난 뛰어내려서, 저것을 따서, 다시 뛰어 올라탈까?"

조반니는 가슴을 설레며 말했습니다.

"이제 안 돼. 저렇게 뒤로 가 버렸으니까."

캄파넬라가, 그렇게 말할까 하다가 말을 다 마치기 전에, 그 다음에 있는 용담화가, 가득 빛나며 지나갔습니다.

그렇게 생각했더니, 이제 계속해서, 계속해서 많은 노

---

22) 삼각점(三角点) : 삼각 측량의 기준.

란 바닥이 있는 용담화의 컵이, 샘솟는 듯이, 비처럼, 눈앞을 지나, 삼각점표(三角覘標)의 열은, 연기가 나거나 타는 것처럼, 더욱 더 빛나며 서 있었습니다.

7. 북십자성과 플라이오세 해안[23)]

"엄마가 나를 용서해 주실까?"

갑자기 캄파넬라가, 결심했다는 듯이 조금 말을 더듬으면서, 콜록거리며 말했습니다.

조반니는,

(아, 그렇지. 우리 엄마는, 저 먼 하나의 티끌처럼 보

---

23) 플라이오세 해안 : 조반니와 캄파넬라가 방문한 장소의 명칭으로 영국해안을 하늘로 옮겨놓은 것이다. 플라이오세는 신생대 지질시대에 속하고 제3계 지질 계통을 포함하고 있고, 국지적 연안퇴적이 이루어진 시대를 말하며, 겐지(賢治) 시대에는 이 지층은 그렇게 생각되었지만, 현재는 제4기의 홍적세에 속한다고 한다. 「은하철도의 밤」 속의 플라이오세 해안의 삽화는 도호쿠(東北)제국대학의 하야카와 이치로(早坂 一郎) 조교수가 겐지 등의 안내를 받아, 이 고후나토(小舟渡) 하안(河岸)에서 1925년 11월 23일에 백호두나무 화석 발굴을 행한 것을 모델로 그려지고 있다. 이상은 [http://www.harnamukiya.com/ginga/pliocene.html]에서 인용하여 적의 번역함.

이는 주황색의 삼각점표(三角覘標) 부근에 오셔서, 지금 나를 생각하고 있는 거야) 라고 생각하면서, 멍하니 아무 말도 하지 않고 있었습니다.

"나는 엄마가, 정말 행복해진다면 어떤 일도 마다하지 않을 거야. 그러나 도대체 어떤 것이, 엄마의 최상의 행복일까?" 캄파넬라는, 왜 그런지 울음을 터뜨리고 싶은 것을, 꾹 참고 있는 것 같았습니다.

"네 엄마는, 지금도 나쁘지 않잖아? (그러니 행복해지려고 생각할 필요는 없잖아?) 조반니는 깜짝 놀라며 소리를 질렀습니다.

"나는 몰라. 그러나 누구든지, 정말 좋은 일을 하면, 가장 행복할 거야. 그래서 엄마는 나를 용서해 주실 거라고 생각해" 캄파넬라는, 무엇인가 정말 결심하고 있는 것처럼 보였습니다.

갑자기 기차 안이 확하고 하얗게 밝아졌습니다. 보니, 정말 실로 금강석과 풀의 이슬과 모든 멋진 것을 모은 것 같은, 눈부시게 아름다운 은하의 강바닥 위를, 물은 소리도 없이 형태도 없이 흐르고, 그 흐름 한 가운데에, 뿌옇게 푸르스름하게 후광(後光)이 비친 섬 하나가 보이는 것이었습니다. 그 섬의 평평한 정상에, 멋지고 깜짝 놀랄 만한 그런, 흰 십자가가 서서, 그것은 정말 얼은 북극의 눈으로 주조했다고 하면 될까, 맑디맑은 금색의 원광[24]을 머리에 이고, 조용히 영구히 서 있는 것이었습니다.

"할렐루야[25], 할렐루야" 앞에서도 뒤에서도 소리가 났습니다. 뒤돌아보니, 승객실 안의 여행자들은, 다들 꼿꼿하게 옷 주름을 늘어뜨리고, 검은 성서를 가슴에 대거나, 수정으로 만든 수주를 차거나, 모두 조신하게 손가락을 깍지 끼고, 그쪽을 향해 기도하고 있는 것이었습니다. 엉겁결에 둘 다 곧바로 일어났습니다. 캄파넬라의 볼은, 마

---

24) 원광(圓光) : 부처나 보살의 머리 뒤에서 비치는 빛을 의미함. 후광(後光).

25) 할렐루야(ハルレヤ) : 작품 속에 나오는 대사. 교본(校本) 전집보다도 앞선 전집에서는 오기라고 간주해서, 「ハレルヤ」로 교정하고 있었지만, 일단 「ハレルヤ」라고 쓰고 수정한 곳이 있어, 겐지가 의도한 것이다. 그리고 찬미가가 나오는 장면에서는 번호가 적혀있지 않다. 제2차 원고 단계에서는 "주님 곁에 가까이 가려고 한다"의 가사가 기록된 개소가 있고, 교본전집 이전은 그것에 따라'306번' [겐지(賢治)의 생존 당시의 번호. 현행 찬미가에서는 320번]이라고 가필되어 있었다.
이상은 [フリー百科事典『ウィキペディア(Wikipedia)』
https://ja.wikipedia.org/wiki]에서 인용하여 적의 번역함.

치 잘 익은 사과의 증거[26]처럼 아름답게 빛나게 보였습

26) 잘 익은 사과의 증거 : '잘 익은 사과의 증거'란 것은 무엇을 가리키는 것일까? '잘 익은 사과의 증거'로 '빨간색'을, 그리고 캄파넬라가 이미 죽은 것을 암시하기 위해 사용했다고 하면 '입관하기 전에 죽은 사람의 얼굴에 해 주는 화장'으로서의 '볼연지'의 '빨간색'을 연상시킨다(이마이즈미(今泉), 2000). 그러나 단순한 '볼연지'의 '빨강'은 아니다. '빨강'뿐이라면, '잘 익은 사과'만으로 되기 때문이다. '증거'를 붙인 것에는 이유가 있다고 생각된다. 이 '증거'에는 따뜻하고 밝은 이미지가 있다. '잘 익은 사과의 증거'의 '증거(あかし)'라는 것은 아마 '등불=등(燈)'을 의미할 것이다. 겐지는 자주 수목에 매달려 있는 과실을 '등불'으로 빗대어 '랜턴'이라고 표현한다. 시 「고가선(高架線)」(1928.6.10.)에서는, "정말 바람에 나부낀다 / 플라타너스 그린 랜턴"이라고 되어 있고, 『봄과 수라(春と修羅)』 속의 시 「다키자와들(滝沢野)」(1922.9.17.)에서는 "낙엽송의 심은 쓸데없이 길다 / 떡갈나무의 취참외 랜턴"이라고 나와 있다. 즉 '잘 익은 사과의 증거'는 '빨간 불꽃과 같은 사과의 형태를 한 등불'을 연상시키는 '볼연지'를 의미하고 있는 것처럼 생각된다. 그러나 그 '불꽃과 같은 사과 형태를 한 등불'에는 더욱 깊은 의미가 담겨 있다.
'사과' 과일은 딱딱해서 먹고 남기는 '심(芯)' 부분과 식용의 과육 부분으로 되어 있다. '과실(사과)'의 '심(芯)'은, 도호쿠(東北)지방 등에서는 '부뚜막, 화덕'(흙·돌·벽돌 등으로 만든 취사하기 위한 설비)이라고 불리는 경우가 있다. 이것은, '불'을 다루는 '부뚜막, 화덕'이 생활(가정)의 제일 의지하는 곳, 생활의 '중심'인 것에서 붙여졌다고 한다(스기야마(杉山)·스기야마(杉山), 2014). 겐지 시대에서는, 아직 토착신앙이 남아 있어, '부뚜막, 화덕'에는 '불의 신'(풍작의 신이나 가족의 수호신을 겸한다)인 '부뚜막신, 화덕신'이 있고, '부뚜막, 화덕' 자신이 신앙의 대상으로도 되어 있었다. 도호쿠지방에서는, '부뚜막, 화덕' 근처의 기둥에 '횻토코(火男)'='부뚜막, 화덕'의 불을 부는 남자의 표정 , '가마진' 등으로 불리는

니다.

그리고 섬과 십자가는 점점 뒤쪽으로 옮겨 갔습니다.

건너편 강기슭도, 푸르스름하고 뿌옇게 빛나서 흐려 보이고, 가끔, 역시 참억새가 바람에 나부끼는 것처럼, 휙 그 은색이 흐려 보여서 숨이라도 내쉬는 것처럼 보이고,

---

점토 또는 목제로 만든 못생긴 탈을 걸고 제사지내고 있었다(요시다(吉田, 2014). 그리고 '부뚜막, 화덕'의 '불'은 밤의 '등불'으로도 사용되었다고 생각된다. 즉, 도호쿠(東北) 하나마키(花巻)에서 태어나서 '부뚜막, 화덕'의 '불꽃'을 계속해서 지켜본 겐지는, '십자가'를 응시하는 캄파넬라의 빨간 볼에, 신앙이 생활의 중심이었던 어린 시절 또는 소년 시절(나아가서는 이로리[농가 등에서 마룻바닥을 사각형으로 도려 파고 난방용이나 취사용으로 불을 피우는 것]의 원형이 발견되는 조몬(縄文)시대까지 거슬러 올라가서)의 불꽃과 같은 생각이 겹쳐서, 그 볼을 '잘 익은 사과의 증거'라는 말로 표현한 것이라고 생각한다. 그때, 겐지의 뇌리에 비친 생활에 밀착된 종교(기독교 또는 토착신앙도 포함하는 다양한 종파의 불교)는, '멋지고 깜짝 놀랄 만한 그런, 흰 십자가'와 같고, 그것은 '정말 얼은 북극의 눈으로 주조했다고 하면 좋을까, 맑디맑은 금색의 원광을 머리에 이고, 조용히 영구히' 계속해서 존재하는 것으로 생각되었다. 또한 캄파넬라를 기독교를 함께 열렬히 배운 '여동생 도시'라고 하면, '기도'의 자리에서는 '엉겁결에 두 사람도 똑바로 일어났을 것이다.'
이상은 이시이 다케오(石井竹夫, 2014) 「宮沢賢治の『銀河鉄道の夜』に登場するリンゴと十字架(後編), 미야자와 겐지의 『은하철도의 밤』에 등장하는 사과와 십자가(후편)」; Apple and Cross Appeared in "Night on the Milky Way Train" Written by Kenji Miyazawa "The Latter Part" p.46에서 인용하여 적의 번역함.

또 많은 용담화가, 풀에 숨거나 나오는 것은, 사근사근한 도깨비불처럼 생각되었습니다.

그것도 아주 약간 동안, 강과 기차 사이는, 참억새의 줄로 가로막히고, 백조의 섬은, 두 번만 뒤쪽에 보였습니다만, 곧바로 훨씬 멀고 작고, 그림처럼 되고, 다시 참억새가 와삭거리고, 결국 완전히 안 보이게 되었습니다. 조반니 뒤에는, 언제부터 타고 있었는지, 키가 큰, 검은 장옷을 입은 가톨릭 풍의 수녀가, 아주 동그란 녹색 눈동자를, 가만히 똑바로 아래로 내려뜨리고, 아직 무엇인가 말인지 소리가, 그쪽으로부터 전해오는 것을, 공손하게 듣고 있는 것처럼 보였습니다. 여행자들은 조용히 자리에 돌아가고, 두 사람도 가슴 가득히 치며 오르는 슬픔과 같은 새로운 기분을, 아무렇지도 않게 다른 말로, 가만히 이야기를 나누었습니다.

"이제 곧 백조 정거장이네"

"아, 11시 정각에는 도착할 거야"

벌써 신호기의 녹색등과 희미하게 흰 기둥이, 살짝 창밖을 지나가고, 그리고 유황 불꽃과 같은 정도로 희미한 전철기 앞의 등불이 창 아래를 통과하고, 기차는 점점 느릿해지고, 곧 승강장의 일렬의 전등이, 아름답고 규칙적으로 나타나고, 그것이 점점 커져서 퍼지고, 두 사람은 정확히 백조 정거장의 큰 시계 앞에 와 섰습니다.

환한 가을 시계의 표면에는, 파랗게 구워진 강철로 만든 바늘 두 개가, 또렷이 12시를 가리켰습니다. 다들 한꺼번에 내려서 승객실 안은 텅 비게 되었습니다.

〔20분 정차〕라고 시계 밑에 쓰여 있었습니다.

"우리도 내려서 볼까?" 조반니가 말했습니다.

"내리자" 두 사람은 단번에 껑충 뛰며 문을 박차고 나가, 개찰구로 뛰어 갔습니다. 그런데 개찰구에는, 밝은 보라색을 띤 전등이, 하나 켜져 있을 뿐, 아무도 없었습니다. 그 근처를 전부 보아도, 역장이나 포터와 같은 사람의, 그림자도 없었습니다.

두 사람은, 정거장 앞에 있는, 수정 세공처럼 보이는 은행나무로 둘러싸인, 작은 광장에 나왔습니다.

거기로부터 폭이 넓은 길이, 곧장 은하의 푸른 빛 속으로 지나가고 있었습니다.

먼저 내린 사람들은, 이제 어디에 갔는지 한 사람도 보이지 않았습니다. 두 사람이 그 하얀 길을, 나란히 서서 가자, 두 사람의 그림자는, 마치 사방에 창이 있는 방 안의, 두 개의 기둥처럼, 그리고 두 개의 수레바퀴의 바퀴살처럼 여러 개로 사방으로 나가는 것이었습니다. 그리고 곧 그 기차에서 보였던 아름다운 강가의 모래밭에 왔습니다.

캄파넬라는 그 아름다운 모래를 한 움큼, 손바닥에 펼치고, 손가락으로 바각거리면서, 꿈처럼 말하고 있는 것이었습니다.

"이 모래는 전부 수정이야. 안에서 작은 불이 타고 있어."

"맞아."

어디서 그런 것을 배웠을 것이라고 생각하면서, 조반니도 멍하니 대답하고 있었습니다.

강변의 자갈은, 전부 투명해서, 분명히 수정이랑 토파즈랑, 그리고 주름진 습곡을 나타내는 것이랑, 또 모서리에서 안개와 같은 푸르스름한 빛을 내는 커런덤인가였습니다. 조반니는, 달려서 그 둔치에 가서, 물에 손을 담갔습니다. 하지만 기이한 그 은하의 물은, 수소보다도 더 투명했습니다. 그래도 확실히 흐르고 있던 것은, 두 사람의 손목의, 물에 담근 곳이, 조금 수은 색에 뜬 것처럼 보이고, 그 손목에 부딪혀서 생긴 파도는, 아름다운 인광을 내며, 깜박깜박 타는 것처럼 보이는 것으로도 알았습니다.

강 상류 쪽을 보자, 참억새가 가득 나 있는 절벽 아래에, 하얀 바위가, 평평하게 나와 있었습니다. 거기에 대여섯 명의 사람의 모습이, 무엇인가 파내는 것인지 묻는 것인지 하고 있는 것 같이, 일어서거나 구부리거나, 때때로 무엇인가의 도구가, 번쩍 하며 빛나거나 했습니다.

"가 보자" 두 사람은, 마치 동시에 소리를 지르며, 그 쪽으로 달려갔습니다. 그 하얀 바위로 된 곳의 입구에, [플라이오세 해안[27]]이라고 하는, 도자기의 매끈매끈한

---

27) 플라이오세 해안 : 플라이오세란, 지층 연대의 하나로 400만 년 - 150만 년 전의 지층이지만, 당시는 작품 속에 나와 있는 대로 120만 년 전으로 되어 있었다. 겐지는 플라이오세 시대에 속하는 하나마키(花巻)시 교외의 기타카미가와(北上川)의 강가의 모래밭을 영국 해안이라고 이름을 붙이고, 화석 채집을 즐기고 있었다.

표찰이 서 있고, 건너편 둔치에는, 군데군데, 가는 철의 난간도 심어 있고, 목제의 아름다운 벤치도 놓여 있었습니다.

"아니, 이상한 것이 있어." 캄파넬라가 이상한 듯이 멈추어 서서, 바위로부터 검고 가늘고 긴 끝이 뾰족한 호두와 같은 것을 주웠습니다.

"호두야. 봐, 많이 있네. 흘러온 거 아니야. 바위 속에 들어 있어."

"크네, 이 호두, 배나 돼. 이건 조금도 상하지 않았고."

"빨리 저기에 가 보자. 틀림없이 뭔가 파고 있으니까."

두 사람은, 깔쭉깔쭉한 검은 호두를 쥐면서, 다시 아까 있던 쪽으로 다가갔습니다. 왼쪽의 둔치에는, 파도가 사근사근한 번개처럼 빛나며 밀려오고, 오른쪽 절벽에는, 온통 은이랑 조개껍질로 만든 그런 참억새의 이삭이 흔들렸습니다.

보스는 우속(牛屬)에 관한 것을 가리킨다. 겐지는 1922년에 이 강가의 모래밭에서 호두 화석과 소의 족적의 화석을 발견했다는 점에서, 이 강가의 모래밭이 플라이오세 해안의 모델이라고 한다. 이상은 [フリー百科事典『ウィキペディア(Wikipedia)』 https://ja.wikipedia.org/wiki]에서 인용하여 적의 번역함.

점점 가까이가 보니, 키가 크고, 심한 근시 안경을 쓰고, 장화를 신은 학자와 같은 한 사람이, 수첩에 무엇인가 몹시 바쁜 듯이 기록해 두면서, 곡괭이를 치켜들거나, 소콥[28]을 쓰고 있는, 세 명의 조수와 같은 사람들에게 열심히 여러 가지 지시를 하고 있었습니다.

"거기 그 돌기를 부수지 않도록, 스콥을 사용하게나, 스콥을. 아이쿠, 좀 더 멀리부터 파. 안 돼, 안 돼, 왜 그리 거칠게 하는 거야?"

보니, 그 하얗고 부드러운 바위 속으로부터, 크고 큰 푸르스름한 짐승의 뼈가, 옆으로 쓰러져 깨진 것처럼 되어, 절반 이상 밖으로 드러나 있었습니다. 그리고 정신을 차리고 보니, 그 부근에는, 말굽이 두 개 있는 발자국이 난 바위가, 사각형으로 열 개 정도 깨끗하게 잘라져서 번호가 붙어 있었습니다.

"자네들은 참관하러 온 사람인가?" 그 대학사(大学士)[29]와 같은 사람이, 안경을 반짝이며, 이쪽을 보고 말

28) 스콥[(네덜란드어) schop] : 자루가 짧은 소형의 삽.

29) 대학사(大学士) : 학자. 대학자. 중도 하차한 여행지에서 만난다. 학설을 증명하기 위해, 소의 조상의 화석을 발굴하고 있다. 처음

을 걸었습니다.

"호두가 많이 있었을 거야. 그것은 말이야, 대략 120만 년 정도 전의 호두[30]야. 그렇게 오래 되지 않은 것이야. 여기는 120만 년 전, 제삼기 이후 시기에는 해안이어서 말이지, 이 밑에서는 조개껍질도 나와. 지금 강이 흐르고 있는 곳에, 전부 소금물이 밀려오거나 빠지거나 했어. 이 짐승인가, 이것은 보스라고 하는데 말이지, 이봐 이봐, 거기, 곡괭이는 쓰지 마. 주의 깊게 끌로 해 주게. 보스[31]라

만나는 조반니들에게 대해 정중한 태도로 접하고 있다는 점에서 신사적인 인물이라고 생각되지만, 익숙하지 않은 작업원에 대해서는 그만 자기도 모르게 언동이 거칠어지고 만다. 이상은 [フリー百科事典『ウィキペディア(Wikipedia)』https://ja.wikipedia.org/wiki]에서 인용하여 적의 번역함.

30) 겐지가 채집한 화석은 일본에 있어서의 '오바타쿠루미[Juglans cinerea(Juglandaceae)]의 화석'으로 동정(同定)되어, 겐지가 도호쿠(東北)제국대학 교수인 하야사카 이치로(早坂一郎)를 화석 발굴에 안내하여, 하야사카의 학술논문에 겐지의 이름이(사의를 표하는 문장에) 기재된 경위가 있다.
이상은 [フリー百科事典『ウィキペディア(Wikipedia)』https://ja.wikipedia.org/wiki]에서 인용하여 적의 번역함.

31) 보스 : 그리고 소의 족적은 절멸한 원시 초원들소(steppe bison, Bison priscus)의 일종인 하나이즈미모리우시(ハナイズミモリウシ)[들소]의 것으로 동정되어 있다. 바이슨 종류는 일반적으로 보스(Bos)라고는 분류되지 않고 있다. 다만 바이슨을 보스에 포함하

고 하는데, 지금의 소의 조상으로 옛날에는 많이 있었어"

"표본으로 하는 것입니까?"

"아니, 증명하기에 필요해. 우리가 보기에는, 여기는 두껍고 더 말할 나위 없는 지층으로, 120만 년쯤 전에 생겼다고 하는 증거도 여러 가지 들 수 있지만, 우리와 다른 녀석들이 봐도 역시 이런 지층으로 보일까 어떨까, 혹은 바람이나 물이랑, 휑한 하늘인가로 보이지는 않을까 하는 것이야. 알겠나? 하지만, 이봐 이봐, 거기도 스콥으로 해서는 안 돼. 그 바로 밑에 늑골이 틀림없이 묻혀 있지 않을까?"

대학사는 당황해서 달려갔습니다.

"벌써 갈 시간이네. 가자" 캄파넬라가 지도와 손목시계를 대조하면서 말했습니다"

"아, 그럼 저희는 실례하겠습니다" 조반니는, 공손하게 대학사에게 인사했습니다.

"그래요? 이야, 잘 가요" 대학사는, 다시 바쁜 듯이 이

는 견해가 없는 것은 아니다. 이상은 [フリー百科事典『ウィキペディア(Wikipedia)』https://ja.wikipedia.org/wiki]에서 인용하여 적의 번역함.

쪽저쪽 돌아다니며 감독을 시작했습니다.

두 사람은, 그 하얀 바위 위를, 열심히 기차에 늦지 않도록 달렸습니다. 그리고 정말, 바람처럼 달렸던 것입니다. 숨도 차지 않고 무릎도 뜨거워지지 않았습니다.

이렇게 해서 달린다면, 이제 전 세계라도 달릴 수 있다고, 조반니는 생각했습니다.

그리고 두 사람은, 전에 본 바로 그 강변을 지나가고, 개찰구의 전등이 점점 커지고, 얼마 후 두 사람은 원래 있던 승객실 자리에 앉아 지금 갔다가 온 쪽을 창을 통해 보고 있었습니다.

8. 새를 잡는 사람[32)]

"여기에 앉아도 되겠습니까?"

까칠까칠한, 하지만 친절하게 보이는, 어른의 목소리가 두 사람 뒤에서 들렸습니다.

그것은, 갈색의 약간 너덜너덜한 외투를 입고, 하얀 헝겊으로 싼 짐을, 두 개로 나누어 어깨에 걸친, 빨간 수

---

32) 새를 잡는 사람 : 새 사냥꾼. 은하철도 승객의 한 사람으로 기러기나 백로 등의 새를 잡아, 석엽(腊葉, 책갈피 따위에 끼워 말린 잎사귀나 꽃)으로 하여 식용으로 파는 장사를 하고 있다. 새를 잡는 사람(새 사냥꾼)에 관해서는 이야기 속에서 상당한 지면을 할애하고 있음에도 불구하고, 구체적으로 무엇을 의미하고 있는지는 특정되어 있지 않다. '작은여우자리'의 '여우'라고 하는 주장이 유명하다. 그 밖에 대자연에서 받은 영감을 동화나 소설로 해서 양식으로 삼으려고 하는 겐지 자신으로 하는 설이나, 기독교에서 사용되는 성면(聖餅, [십자가가 들어간 흰 센베이)를 영혼의 새로 비겼다고 하는 설 등도 있다. 이상은 https://ja.wikipedia.org/wiki에서 인용하여 적의 번역함.

염이 있는, 등이 굽은 사람이었습니다.

"네 괜찮아요" 조반니는, 약간 어깨를 옴츠리고 인사했습니다. 그 사람은, 수염 속에서 희미하게 웃으면서 짐을 천천히 망으로 된 선반에 얹었습니다. 조반니는, 무엇인가 매우 쓸쓸하기도 슬프기도 한 그런 생각이 들어, 아무 말을 안 하고, 정면에 있는 시계를 보고 있었더니, 훨씬 앞쪽에서, 유리 피리와 같은 것이 울렸습니다. 기차는 벌써, 조용히 움직이고 있었던 것입니다. 캄파넬라는, 승객실 천장을, 이리저리 보고 있었습니다. 그 등불 하나에 검은 투구풍뎅이가 앉아, 그 그림자가 크게 천장에 비추고 있었습니다. 수염을 한 사람은, 무엇인가 그리운 듯이 웃으면서, 조반니랑 캄파넬라의 모습을 보고 있었습니다. 기차는 이미 점점 빨라져서, 참억새와 강과, 번갈아 가며 창밖에서 빛났습니다.

빨간 수염을 한 사람이, 조금 머뭇머뭇하면서 두 사람에게 물었습니다.

"두 분은 어디로 가십니까?"

"끝까지 갑니다."

조반니는 조금 창피한 듯이 대답했습니다.

"그거 좋네. 이 기차는 실제 어디까지도 갑니다."

"그쪽은 어디로 갑니까?"

캄파넬라가 갑자기 싸움하는 것처럼 물었기 때문에, 조반니는 엉겁결에 웃었습니다. 그러자, 건너편 자리에 있던, 뾰족한 모자를 쓰고, 큰 열쇠를 허리에 찬 사람도, 힐끔힐끔 이쪽을 보며 웃었기 때문에, 캄파넬라도, 그만 얼굴을 빨갛게 하고, 웃기 시작했습니다. 그런데 그 사람은 별로 화를 내지도 않고, 볼을 실룩대면서 대답을 했습니다.

"난 금방 이 부근에서 내립니다. 난, 새를 잡는 장사꾼이라."

"무슨 새입니까?"

"두루미나 기러기입니다. 백로나 백조도 잡습니다."

"두루미는 많이 있습니까?"

"있고 말구요, 아까부터 울고 뭐 글쎄. 듣지 않았습니까?"

"아니오."

"지금도 들리지 않습니까? 자, 귀를 기울이고 들어 보아요."

두 사람은 눈을 위로 쳐들고, 귀를 기울였습니다. 덜커덩덜커덩하는 기차의 소리와 참억새의 바람 사이에서 보글보글[33] 물이 샘솟는 것과 같은 소리가 들려오는 것

---

33) 「ころんころんと水の湧わくような音が聞こえて来るのでした」(보글보글 물이 샘솟는 것과 같은 소리가 들려오는 것이었습니다)의 「ころんころんと」에 관해, 다모리(田守:2010)에 의하면, 「『ころんころん』은 전형적으로는 동글한 것이 연속적으로 구르는 모습을 나타내는 데에 쓰이고, 물이 솟는 그런 소리를 묘사하는 데에 사용되지는 않는다. 그러나 『ころんころん』에는 의음어(擬音語)로서의 의미도 있어, 칠현금이나 피아노, 방울 등이 가볍고 밝은 시원한 음색을 묘사하는 데에도 사용된다.」 (다모리(田守)2010:143-144)라고 설명하고 있고, 여기에서의 언어형식은 오노매토피어로서 기능하게 되어, 가볍고 밝은 음색이라고 할 수 있다. 그러나 물이 솟는 소리에는 사용할 수 없다는 점에서, 협조의 원칙에 있어서의 관계의 격률(格律)2에 의반하고 있다고 생각할 수 있다. 거기로부터 함의가 생기고, 「ころんころん」이라는 「음(音)」이라고 하는 묘사에서, 칠현금이나 피아노의 소리가 초점화된다. 이 환유(換喩, metonymy)에 의해, 「ころんころん」이라는 물소리를 상상하고, 해석하게 된다. 그리고 회화에 있어서의 즉시적인 해석 패턴에는 감정적 효과가 수반되는 것과 마찬가지로 이야기의 해석에 있어서의 감정적 효과는, 읽는 이에게 생생한 이미지를 가져오는 효과나, 물소리를 보다 구체적으로 상상하려고 하는 행위를 가리킨다고 생각된다. 이상은 新妻明子(2016) 「宮沢賢治『銀河鉄道の夜』におけるオノマトペー日英比較対照と解釈のプロセスー」(「미야자와 겐지 『은하철도의 밤』에 있어서의 오노매토피어 - 일영비교대조

이었습니다.

"두루미는, 어떻게 잡는 것입니까?"

"두루미 말입니까? 그렇지 않으면 백로 말입니까?"

"백로입니다" 조반니는 어느 쪽도 상관없다고 생각하면서 대답했습니다.

"그건 말이지, 간단해. 백로라고 하는 것은, 모두 은하수 모래가 딱딱해져서, 확 생기는 것이라서요. 그리고 늘 강으로 돌아가니까요, 강가 모래밭에서 기다리고 있다가, 백로가 모두 다리를 이런 식으로 내려올 때를, 그놈이 땅바닥에 닿을까 안 닿을까 하는 사이에, 딱하고 잡아 버리는 겁니다. 그러면 이제 백로는, 딱딱해져서 안심하고 죽어버립니다. 나머지는 이미 빤해서, 뭐 글쎄. 석엽(腊葉)[34]으로 하면 됩니다."

"백로를 석엽으로 하는 겁니까? 표본 말입니까?"

"표본이 아닙니다. 다들 먹지 않습니까?"

와 해석 프로세스 -」『常葉大学短期大学部紀要』(『도코하대학 단기대학부 기요』) 47号, p.44에서 인용.

34) 석엽(腊葉) : 표본 등으로 쓰려고 책갈피 등에 끼워 말린 잎사귀나 꽃.

“이상하네” 캄파넬라가 고개를 갸웃거렸습니다.

“이상하지도 미심쩍지도 않아요. 봐요” 그 남자는 서서, 망으로 된 선반에서 보따리를 내리고, 재빠르게 휘휘 풀었습니다.

“자, 보아요. 지금 막 잡아 왔습니다.”

“정말 백로네.”

두 사람은 엉겁결에 소리를 질렀습니다. 새하얀, 바로 아까 본 그 북십자성처럼 빛나는 백로의 몸뚱이가, 열 개 정도, 약간 납작해져서, 검은 다리를 움츠리고, 부조처럼 늘어서 있던 것입니다.

“눈을 감고 있네.”

캄파넬라는, 손가락으로 살짝 백로의 초승달 모양의 하얀 감은 눈을 만졌습니다. 대가리 위의 창과 같은 흰 털도 제대로 달려 있었습니다.

“이봐, 맞지요?”

새 사냥꾼은 보자기를 겹쳐서 다시 친친 감고, 끈으로 묶었습니다. 누가 도대체 이 부근에서 백로 같은 것을 먹을까 하고 조반니는 생각하면서 물었습니다.

"백로는 맛있습니까?"

"네, 매일 주문이 있습니다. 그러나 기러기 쪽이 더 팔립니다. 기러기가 훨씬 잘 잡히고, 가장 중요한 것은, 손이 많이 안 가니까요. 이것 봐요."

새 사냥꾼은, 다시 다른 쪽의 보따리를 풀었습니다. 그러자 노란색과 파르께한 것과 얼룩이 되어, 무슨 등불처럼 빛나는 기러기가, 마치 아까 본 백로처럼, 부리를 가지런히 하고, 조금 납작해져서 늘어서 있었습니다.

"이쪽은 금방 먹을 수 있습니다. 어때요? 조금 들어요."

새 사냥꾼은, 노란 기러기의 발을, 가볍게 잡아당겼습니다. 그러자 그것은, 마치 초콜릿으로 만들어진 것처럼 쓱 하고 깨끗하게 떨어졌습니다.

"어때요? 조금 먹어 보아요."

새 사냥꾼은, 그것을 두 개로 잘라 떼어 건넸습니다. 조반니는 좀 먹어 보고,

(뭐야? 역시 이건 과자야. 초콜릿보다도, 더 맛있지만, 이런 기러기가 날고 있는 건가? 이 남자는, 어딘가 그 부근의 들판의 과자집 주인이야. 하지만 나는, 이 사람을

깔보면서, 이 사람의 과자를 먹고 있는 것은, 매우 딱하다.)고 생각하면서, 역시 바삭바삭하며 그것을 먹고 있었습니다.

"좀 더 들어요."

새 사냥꾼이 다시 보따리를 꺼냈습니다. 조반니는, 더 먹고 싶었지만,

"네, 고마워요."라고 하며, 사양했기 때문에, 새 사냥꾼은, 이번에는 건너편 자리의, 열쇠를 가진 사람에게 건넸습니다.

"아니, 장사하는 것을 받아서 미안하네요." 그 사람은, 모자를 벗었습니다.

"아니오, 천만의 말씀입니다. 어때요? 올해 철새의 경기는."

"아니, 아주 좋아요. 그저께 두 번째 시간 때는, 왜 등댓불을, 규칙 이외로 간격(일시 공백)을 띄운다고 해서, 이리저리로부터, 전화로 고장이 생겼습니다만, 뭐, 이쪽이 하는 것도 아니고, 철새들이, 새까맣게 굳어져서, 등불 앞을 지나는 것이라서 어쩔 수 없어요, 난, 등신아, 그런

불평은, 나한테 가지고 와도 어쩔 수 없고, 푸석푸석한 망토[35]를 입고, 다리와 주둥이가 터무니없이 가는 친구에게 주라고, 이렇게 말해 주었습니다만, 식식."

참억새가 없어져서, 건너편 들판으로부터, 확 등불이 비치기 시작했습니다.

"백로는 왜 손이 많이 갑니까?"

캄파넬라는, 아까부터 물으려고 생각하고 있었습니다.

"그건 말이지, 백로를 먹기 위해서는…"

새 사냥꾼은, 이쪽으로 돌아섰습니다.

"은하수의 물빛에, 열흘이나 매달아 놓거나, 그렇지 않으면, 모래에 사나흘 파묻어야 해. 그렇게 하면, 수은이 전부 증발해서, 먹을 수 있게 돼."

"이건 새가 아니야. 그냥 과자이지요?"

역시 똑같은 것을 생각하고 있었던 것 같아서, 캄파넬라가, 결심했다는 듯이, 물었습니다. 새 사냥꾼은, 무엇인가 매우 당황한 듯하며,

"아, 참, 여기에서 내려야 하지."라고 하면서, 일어서서

---

35) 망토[(프랑스어) manteau] : 소매가 없이 어깨 위로 걸쳐 둘러 입도록 만든 외투.

짐을 들었는가 싶더니, 벌써 안 보이게 되었습니다.

"어디에 갔을까?"

두 사람은 얼굴을 마주 보았더니, 등대지기는, 싱글싱글 웃고, 조금 몸을 펴서 발돋움하면서, 두 사람 옆에 있는 창을 들여다보았습니다. 두 사람도 그쪽을 보았더니, 지금 막 떠난 새 사냥꾼이, 노랗고 푸르스름한, 아름다운 인광을 내는, 일대의 가와라하하코구사[36] 위에 서서, 진지한 얼굴을 하고, 양손을 펼치고, 가만히 하늘을 보고 있었습니다.

"저기에 가 있어. 무척 색다른 사람이네. 틀림없이 다시 새를 잡으려고 하는 것이야. 기차가 달려가기 전에, 빨리 새가 내리면 좋은데."라고 말하자마자, 휑뎅그렁한 청색을 띤 보라색 하늘에서 아까 본 그런 백로가, 마치 눈이 내리는 것처럼, 짹짹 소리를 내면서, 가득 훨훨 내려앉았습니다. 그러자 그 새 사냥꾼은, 모두 주문대로라고 말하는 것처럼 희희낙락하며, 두 발을 딱 60도로 벌리고 서서, 백로가 움츠리며 내려오는 검은 다리를 양손으

36) 가와라하하코구사 : kawarahahako[河原母子, 학명 : Anaphalis margaritacea ssp. yedoensis]. 산떡쑥의 아종.

로 닥치는 대로 죄다 눌러서, 천 봉지 안에 집어넣는 것이었습니다. 그러자 백로는, 개똥벌레처럼 봉지 안에서 잠시, 파랗게 깜박거리며 빛나거나 꺼지거나 했습니다만, 결국 모조리, 다들 희미하게 하얗게 되어, 눈을 감는 것이었습니다. 그런데, 붙잡히는 새보다는, 붙잡히지 않고 무사히 은하수 모래 위에 내리는 것이 많았습니다. 그것은 보고 있으니, 다리가 모래에 닿자마자, 마치 눈이 녹는 것처럼, 오그라들어 납작해지고, 이윽고 용광로에서 나온 구리물처럼, 모래나 자갈 위에 펼쳐지고, 얼마 동안은 새 모양이, 모래에 나 있는 것이었습니다만, 그것도 두세 번 밝아지거나 어두워지나 하는 사이에 이제 완전히 주위와 똑같은 색으로 되고 말았습니다.

새 사냥꾼은, 스무 마리 정도, 보자기에 다 넣자, 갑자기 양손을 올려, 병사가 총알에 맞아, 죽을 때와 같은 형태를 했습니다. 라고 생각했더니, 이제 거기에 새 사냥꾼의 형체가 없어지고, 오히려,

“아, 상쾌하다. 왠지 몸에 딱 맞을 만큼 돈을 벌고 있을 정도로 좋은 일은 없네요”라고 말하는, 들은 기억이

있는 소리가, 조반니 옆에서 났습니다. 보니까, 새 사냥꾼은, 이미 거기에서 잡아 온 백로를 간추려서, 하나씩 다시 쌓아올리고 있는 것이었습니다.

"어째서 저기에서 단숨에 여기로 왔습니까?" 조반니가, 왜 그런지 당연한 것 같으면서 당연하지 않은 그런, 이상한 생각이 들어 질문했습니다.

"어째서라니요. 오려고 해서 온 것입니다. 도대체 두 분은 어디에서 오신 것입니까?"

조반니는, 금방 대답을 하려고 생각했지만, 글쎄요, 도대체 어디에서 왔는지, 이제 아무리 해도 생각나지 않았습니다. 캄파넬라도 얼굴을 빨갛게 하고 무엇인가 생각해내려고 하였습니다.

"아, 멀리에서 오셨지요."

새 사냥꾼은, 알았다는 듯이 간단히 끄덕였습니다.

9. 조반니의 표

"이제 이 부근은 백조 구역의 마지막입니다. 보아요. 저게 그 유명한 알비레오의 관측소입니다"

창밖의, 마치 꽃불로 가득 찬 것 같은, 은하수의 한 가운데에, 검고 큰 건물이 네 개 동 정도 서 있고, 그중 하나의 평평한 지붕 위에, 눈이 번쩍 뜨일 것 같은, 사파이어와 토파즈의 크고 투명한 구슬이 두 개, 원형으로 조용히 뱅글뱅글 돌고 있었습니다. 노란 것이 점점 건너편으로 돌아가고, 파랗고 작은 것이 이쪽으로 다가오고, 얼마 후 두 개의 끝은, 서로 겹쳐서, 아름다운 녹색의 양면이 볼록렌즈의 모양을 만들고, 그것도 점점 한가운데가 부풀기 시작해서, 마침내 파란 것은, 완전히 토파즈의 정면에 왔기 때문에, 녹색 중심과 노랗고 밝은 원이 생겼습니다. 그것이 다시 점점 옆으로 벗어나서, 앞의 렌즈 모양을 거꾸로 뒤집고, 마침내 쑥 떨어져서 사파이어는 건너편으로 돌고, 노란 것은 이쪽으로 다가오고, 다시 마치 아까와 같은 모양으로 되었습니다. 은하의, 형체도 없고 소리도 없는 물로 둘러싸여, 정말 그 검은 측후소가, 잠자고 있는 것처럼, 조용히 가로놓였습니다.

"저것은, 물의 속도를 재는 기계입니다. 물도……."

새 사냥꾼이 말을 걸었을 때,

"검표하겠습니다."

세 사람의 자리 옆에, 빨간 모자를 쓴, 키가 큰 차장이, 어느 사이에 똑바로 서서 말했습니다. 새 사냥꾼은, 아무 말 없이 호주머니에서, 작은 종잇조각을 꺼냈습니다. 차장은 슬쩍 보고, 금방 눈을 딴 데로 돌리고(손님 것은?)라고 하는 듯이, 손가락을 움직이면서, 손을 조반니 쪽으로 내밀었습니다.

"아- 이거."

조반니는 난처해서, 머뭇머뭇하고 있었더니, 캄파넬라는 아무것도 아니라는 식으로, 작은 쥐색의 표를 꺼냈습니다. 조반니는, 몹시 당황해서, 혹시 웃옷 주머니에라도 들어가 있었을까 하고 생각하고, 손을 집어넣어 보았더니, 무엇인가 커다란 꺾어 접은 종잇조각이 손에 닿았습니다. 이런 거, 들어 있었을까 생각하고, 서둘러 꺼내 보았더니, 그것은 넷으로 접은 엽서 정도의 크기의 녹색 종이이었습니다. 차장이 손을 내밀고 있었기 때문에, 뭐라도 상관없다고, 해 재껴 라고 생각하고 건넸더니, 차장은 똑바로 몸을 가누고, 공손하게 그것을 열어 보고 있었습니다. 그리고 읽으면서 웃옷 단추나 뭔가를 자주 고치거나 하고 있었고, 등대간수도 밑에서 그것을 열심히 들여다보고 있었기 때문에, 조반니는 틀림없이 그것은 증명서나 무엇인가였다고 생각하고, 조금 가슴이 불이 붙은 그런 생각이 들었습니다.

"이것은 삼차원 공간의 분으로부터 받으신 것입니까?" 차장은 물었습니다.

"뭐가 뭔지 모르겠습니다." 이제 괜찮다고 안심하면서 조반니는 그쪽을 쳐다보고 낄낄낄낄 웃었습니다.

"됐습니다. 남십자성 서든클로스에 도착하는 것은, 다

음 제이시경이 됩니다."

차장은 종이를 조반니에게 건네고 건너편으로 갔습니다. 캄파넬라는 그 종잇조각이 무엇이었는지 더 기다릴 수 없었다는 듯이, 서둘러 얼굴을 내밀면서 들여다보았습니다. 조반니도 정말 빨리 보고 싶었습니다. 그런데 그것은 온통 검은 당초문과 같은 무늬 속에, 이상한 열 개 정도의 글자를 인쇄한 것으로, 잠자코 보고 있으면, 왜 그런지 그 속으로 빨려 들어가 버릴 것 같은 생각이 드는 것이었습니다. 그러자 새 사냥꾼이 옆에서 흘끗 그것을 보고, 당황한 것처럼 말했습니다.

"어, 이건 엄청난 것입니다. 이것은 정말, 진짜 하늘에도 갈 수 있는 표이다. 하늘 정도가 아니라, 어디라도 마음대로 걸을 수 있는 통행권입니다. 이것을 가지고 계시면, 음, 이런 불완전한 환상 제사차원의 은하철도 같은 것은 어디에도 갈 수 있을 테니, 저, 두 분은 대단합니다"

"뭐가 뭔지 모르겠습니다." 조반니는 빨개져서 대답하면서, 그것을 다시 접어 호주머니에 집어넣었습니다. 그리고 창피해서 캄파넬라와 둘이, 다시 창밖을 내려다보고 있었습니다만, 그 새 사냥꾼이 가끔 대단하다고 말하는 듯이, 힐끔힐끔 이쪽을 보고 있는 것을 어렴풋이 알았습니다.

"이제 곧 독수리 정거장이야."

캄파넬라가 건너편 강안의, 세 개 나란히 있는 작은 푸르스름한 삼각점표(三角覘標)와, 지도를 비교하며 말했습니다.

조반니는 뭐가 뭔지 모르고, 갑자기 옆에 있는 새 사냥꾼이 딱해서 견딜 수가 없었습니다. 백로를 잡아, 후련하다고 기뻐하거나, 하얀 헝겊으로 그것을 둘둘 싸거나, 남의 표를 깜짝 놀란 것처럼 곁눈으로 보고 당황해서 칭찬하기 시작하거나, 그런 것을 일일이 생각하고 있자, 이제 그 전혀 알지 못하는 새 사냥꾼을 위해, 조반니가 가지고 있는 것도 먹을 것도 뭐든지 다 주고 싶다, 이제 이 사람의 진정한 행복이 된다면, 내가 저 빛나는 은하수 강가 모래밭에 서서 백년을 계속해서 서서 새를 잡아 주어도 좋다고 하는 그런 생각이 들어, 도저히 더는 잠자코 있을 수 없게 되었습니다. 정말로 당신이 원하는 것은 도대체 무엇입니까? 라고 물으려고 하다가, 그러면 너무 느닷없는 이야기니, 어떻게 할까 하고 생각하고 뒤돌아보았더니, 거기에는 이미 그 새 사냥꾼이 없었습니다. 망으로 된 선반 위에는 하얀 짐도 보이지 않았습니다. 다시 창밖에서 다리를 벌리고 힘껏 버티며 하늘을 쳐다보니, 백로를 잡을 준비를 하고 있는가 하고 생각해서, 서둘러 그쪽을 보았습니다만, 밖은 온통 아름다운 모래와 하얀 참억새의 파도뿐, 그 새 사냥꾼의 넓은 등도 뾰족한 모자도 보이지 않았습니다.

"그 사람, 어디로 갔을까?"

캄파넬라도 멍하게 말하고 있었습니다.

"어디로 갔을까? 도대체 어디에서 다시 만날까? 나는 아무래도 약간 그 사람에게 말을 하지 않았을까?"

"아, 나도 그렇게 생각하고 있어."

"나는 그 사람이 방해가 되는 그런 생각이 들었어. 그래서 나는 굉장히 힘들어."

조반니는 이런 별난 기분은, 정말 처음이고, 이런 것은 지금까지 말한 적도 없다고 생각했습니다.

"왜 그런지 사과 냄새가 나. 내가 지금 사과에 관해 생각했기 때문일까?"

캄파넬라가 이상한 듯이 주위를 둘러보았습니다.

"정말 사과 냄새야. 그리고 찔레꽃 냄새도 나."

조반니도 그 주변을 보았습니다만, 역시 그것은 창을 통해서도 들어오는 것 같았습니다. 지금 가을이니, 찔레꽃 냄새가 날 리가 없다고 조반니는 생각했습니다.

그랬더니 갑자기 거기에, 윤기 나는 검은 머리를 한, 여섯 살 정도의 남자아이가 빨간 재킷의 단추도 채우지 않고, 몹시 깜짝 놀란 듯한 얼굴을 하고, 와들와들 떨며 맨발로 서 있었습니다. 옆에는 검은 양복을 말쑥하게 차려 입은, 키가 큰 청년이 잔뜩 바람을 맞고 있는 느티나무와 같은 자세로, 남자아이의 손을 꼭 잡고 있었습니다.

"어머, 여기 어디이지요? 정말 아름답네."

청년 뒤에, 또 한 사람, 열두 살쯤 되는 눈이 다색인 귀여운 여자아이가, 검은 외투를 입고 청년 팔에 매달리며 이상한 듯이 창밖을 보고 있는 것이었습니다.

"아, 여기는 랭커셔[37]다. 아냐, 코네티컷주[38]다. 아냐, 우리는 하늘(우주)에 왔다. 우리는 하늘에 가는 것입니다. 보아요. 저 표지는 하늘 표지입니다. 이제 아무것도 무서운 것은 없습니다. 저희는 하나님으로부터 부르심을 받고 있는 것입니다."

검은 옷을 입은 청년은 기쁨에 빛나며, 그 여자아이에게 말했습니다. 하지만 왠지 다시 이마에 깊게 주름을 새기고, 게다가 몹시 피곤한 듯, 억지로 웃으면서 남자아이를 조반니 옆에 앉혔습니다. 그러고 나서 여자아이에게 상냥하게 캄파넬라 옆자리를 가리켰습니다. 여자아이는 고분고분하게 거기에 앉아, 가지런히 깍지를 끼었습니다.

"나, 큰 누나한테 가는 거야" 막 걸터앉은 남자아이는 얼굴을 이상야릇하게 등대간수의 건너편 자리에 지금 막 앉은 청년에게 말했습니다. 청년은 아무 말도 못 하고 슬

---

37) 랭커셔 : 영국 잉글랜드 북서부에 있는 주인 랭커셔(Lancashire)로 간주하거나, 혹은 인도의 산카사(Sankassa)[석가모니가 돌아가신 어머니·마야를 위해 그녀가 사는 천상계의 도리천에 승천하여, 내려왔다고 하는 장소]로 조정(措定)한 설명도 있다.

38) 코네티컷주(コンネクテカット州) : 미국 북동부의 코네티컷주로 추정된다.

픈 듯한 얼굴을 하고, 가만히 그 아이의, 주름지고 젖은 얼굴을 보았습니다. 여자아이는, 갑자기 양손을 얼굴에 대고 훌쩍훌쩍 울고 말았습니다.

"'아버지와 기쿠에 누나는 아직 여러 가지 일이 있습니다. 하지만 이제 곧 나중에 오십니다. 그것보다도, 어머니는 얼마나 오랫동안 기다리고 계셨나요? 내 소중한 다다시[39]는 지금 어떤 노래를 부르고 있을까? 눈이 내리는 아침에 모두 손을 잡고, 빙빙 딱총나무의 덤불[40]을 돌며

---

39) 『은하철도의 밤(銀河鉄道の夜)』의 조연으로 등장하는 어린이들을 소개한다. 한 사람은 빙산과 충돌해서 침몰한 배의 승객이었던 기독교 신자인 남자아이 다다시이고, 다른 한 사람은, 조반니와 동급생인 자네리이다. 두 사람 모두 수난(水難) 사고에 조우한다고 하는 공통점이 있지만, 특이한 캐릭터가 부여되고 있다. 다다시는 떼쟁이 아이로서, 자네리는 짓궂은 아이로 이야기에 등장한다. 겐지는 수난 사고로 죽었는데도 현세의 집에 돌아가고 싶다고 떼를 쓰는 다다시가 등장하는 장면에 '딱총나무'를, 그리고 조반니를 괴롭히는 자네리가 등장하는 장면에 '노송나무 또는 화백나무'를 배치하여, 두 사람의 인물과 두 개의 식물이 지닌 각각의 특이한 캐릭터를 잘 매칭시키는 데에 성공하고 있다. 이들 식물의 배치는 절묘하며, 특히 땅총나무에 관해서는 상당히 공이 들어가 있다. 이상은 이시이 다케오(石井竹夫;2013) 「宮沢賢治の『銀河鉄道の夜』に登場する「にはとこのやぶ」と駄々っ子」(미야자와 겐지의 『은하철도의 밤』에 등장하는 「니와토코의 지붕」과 떼쟁이 아이」 『입식관계학지』 13(1):15-18 자료·보고에서 인용하여 적의 번역함.

놀고 있을까 하고 생각하거나, 정말로 기다리며 걱정하고 계시니까, 빨리 가서 어머니를 만나 봅시다."[41]

---

40) 딱총나무의 덤불 : 'にわとこのやぶ(딱총나무의 덤불)'의 ニワトコ(スイカズラ科ニワトコ属 ; Sambucus sieboldiana)는 산과 들에 나는 낙엽저목(落葉低木)으로, 잘 분지(分枝)해서, 높이 3 ~ 6m가 된다. 잎은 기수(奇数) 날개 모양 복엽으로 대생(對生)한다(스즈키(鈴木) 등:1995).
「ニワトコ」는 일본에 현존하는 가장 오래된 가집인 『만요슈(万葉集)』나 역사서 『고지키(古事記)』에서는 「山たづ」라는 이름으로 나온다(고지마(小島) 등:1971). 『고지키(古事記)』의 「山たづといふは, 今の造木(みやっこぎ)をいふ」(にわとこの神迎えではないが)의 기술에서 유래하며, 「ミヤッコギ」가 「ミヤッコ」→「ミヤトコ」→「ニヤトコ」→「ニワトコ」로 전와(転訛)한 것으로 추정되고 있다. 이상은 이시이 다케오(石井竹夫:2013) 「宮沢賢治の『銀河鉄道の夜』に登場する「にはとこのやぶ」と駄々っ子」(미야자와 겐지의 『은하철도의 밤』에 등장하는 「にはとこのやぶ」와 떼쟁이, Elderberry Bush and Spoiled Child Appeared in "Night on the Milky Way Train" Written by Kenji Miyazawa) 『人植関係学誌』(입식관계학지) 13(1):15-18, 데이케이헤이세이(帝京平成)대학(大学). pp.15-16에서 인용하여 적의 번역함.

41) '미야자와 겐지(宮沢賢治) 그 23' 즉 「은하철도의 밤(銀河鉄道の夜) 아버지(お父さん)·기쿠요 누나(きくよねえさん) 조정(措定)」에서는 다음과 같이 설명하고 있다.
이 청년의 대화를 통해, 아버지(お父さん)·기쿠요 누나(きくよねえさん)의 모델이 되는 인물에 관해 알 수 있는 것은 다음 두 가지이다.
(1) 「은하철도의 밤」의 무대인 일시(1924.08.14.) 현재, 그 사람들은 생존해 있다.
(2) 겐지(賢治)는 은하철도의 밤의 제4차 원고·완결 시점에서는

"응, 하지만 나, 배를 타지 않았으면 좋았을 거야"

"네, 그러나, 보아요, 자, 어때요? 저 멋진 강, 있잖아, 저기는 그 여름 내내, Twinkle Twinkle little Star(반짝반짝 작은 별, 영어동요)를 부르고 쉴 때, 항상 창문을 통해 희미하게 하얗게 보이곤 했지요? 저기예요. 이봐요, 아름답지요? 저렇게 빛나고 있어요"

울고 있던 누나도 손수건으로 눈을 닦고 밖을 보았습니다. 청년은 가르치는 듯이 슬며시 자제(누이와 남동생)에게 다시 말했습니다.

이 사람들의 죽음을 확인하고 있다.
제4차 원고가 완결되는 시점이 언제인 것은, 확실치 않지만, wikipedia에는 "만년 1931년경까지 퇴고(推敲)가 반복되어"라고 나와 있으니, 1931년 시점에서는 제4차 원고가 완결되어 있지 않다고 판단된다. 그 결과,

[아버지(お父さん)·기쿠요 누나(きくよねえさん)의 조정(措定)]은 다음과 같다.
이시카와 다쿠보쿠(石川啄木)의 아버지·잇테이(一禎)는 1927년(다른 주장 있음)에, 두 명의 딸 교코(京子)·후사에(房江)는 1930년에 사망하기 때문에, 모두 "1924년 8월 13일 시점에서 생존하고 있고, 제4차 원고 완결 전(1931년)에는 사망한 것으로 된다. 따라서 잇테이(一禎)는 '아버지(お父さん)'의, 교코(京子)·후사에(房江)는 '기쿠에 누나(きくよねえさん)'의 모델이 될 수 있다.
이상은 [https://ameblo.jp/neko-sonotoki/entry-12576905974.html]에서 인용하여 적의 번역함.

"우리는 이제 아무것도 슬픈 일이 없습니다. 우리는 이렇게 좋은 곳을 여행하고 곧 하나님 곁으로 갑니다. 거기라면 이제, 정말로 밝고 냄새가 좋고 멋진 사람들로 가득 차 있습니다. 그리고 우리 대신 보트에 탈 수 있었던 사람들은 꼭 모두 구조되어, 걱정하며 기다리고 있는 각자의 아버님이랑 어머님이랑 그리고 자기 집에 가는 것입니다. 자, 이제 얼마 안 남았으니, 힘을 내서 재미있게 노래하며 갑시다."

청년은 남자아이의 젖은 것 같은 검은 머리를 쓰다듬고, 모두를 위로하면서, 자신도 점점 얼굴색이 빛나기 시작했습니다.

"여러분들은 어디에서 오셨습니까? 무슨 일이 있었습니까?"

아까 있던 등대간수가 가까스로 알았다는 듯이 청년에게 물었습니다. 청년은 희미하게 웃었습니다.

"아뇨, 빙산에 부딪혀서 배가 가라앉아서, 우리는 이쪽의 아버님이 급한 용무로 2개월 전에, 한발 앞서, 본국에 돌아가셔서, 나중에 출발했습니다. 나는 대학에 들어가서 가정교사로 고용되고 있었습니다. 그런데 정확히 12일째, 오늘인가 어제쯤입니다. 배가 빙산에 부딪혀서, 순식간에 기울어지고 이미 가라앉기 시작했습니다. 달빛은 어딘가 희미하게 있었습니다만, 안개가 무척 짙었습니다.

그런데 보트는 좌현 쪽 절반은 이미 못 쓰게 되었기 때문에, 도저히 모든 사람이 다 탈 수 없습니다. 이미 그러는 사이에도 배는 가라앉고, 저는 필사적으로 '부디 어린아이들을 태워 주세요'라고 외쳤습니다. 근처 사람들은 금방 길을 열고, 그리고 어린이들을 위해 기도해 주었습니다. 하지만 거기에서 보트까지 가는 데에는, 아직도 어린이들이랑 부모 등이 있어, 도저히 밀어젖힐 용기가 없었습니다. 그래도 저는 어떻게 해서라도 이 분들을 구하는 것이 제 의무라고 생각해서, 앞에 있는 어린이들을 밀어내려고 했습니다. 그러나 또, 그렇게 해서 구해 주는 것보다는 이대로 하나님 앞에 다 같이 가는 쪽이, 진짜 이 분들의 행복이라도 생각했습니다. 하지만, 아무리 하여도 그것을 할 수 없었습니다. 아이들뿐인 보트 안에 놓아 주고, 어머니가 미친 듯이 키스를 보내고, 아버지가 슬픔을 꾹 참고 똑바로 서 있는 등, 도저히, 정말 애간장이 녹는 것 같았습니다. 그 배는 이미 쑥쑥 가라앉아서, 우리는 한데 뭉쳐서, 이제 완전히 각오하고, 이 두 사람을 안고, 뜰 수 있는 만큼은 뜨려고 배가 가라앉는 것을 기다리고 있었습니다. 누가 던졌는지 튜브가 하나 날아왔습니다만 미끄러져서 휙 하고 건너편으로 가 버렸습니다. 저는 열심히 갑판의 격자로 된 곳을 떼서, 세 명이 그것에 꽉 매달렸습니다.

어디에서인가 306번의 소리가 났습니다. 갑자기 모든 사람들이 여러 가지 국어로 한꺼번에 그것을 불렀습니다. 그때 갑자기 큰 소리가 나고, 우리들은 물에 빠지고, 이제 소용돌이에 들어갔다고 생각하면서 꽉 이 사람들을 안고, 그러고 나서 멍멍해졌다고 생각하자, 여기로 와 있던 것입니다. 이 분들의 어머니는 재작년에 돌아가셨습니다. 네, 보트는 틀림없이 구조되었을 것입니다. 여하튼 상당히 숙련된 뱃사람들이 젓어, 재빠르게 배로부터 벗어나 있었으니까요."

그 부근에서 작은 탄식과 기도 소리가 들려 조반니도 캄파넬라도 지금까지 잊고 있던 여러 가지 일을 멍하니 생각해내고 눈시울이 뜨거워졌습니다. (아, 그 큰 바다는 태평양이라고 하는 것이 아니었을까? 그 빙산이 떠다니는 북쪽 끝의 바다에서 작은 배를 타고, 바람과 얼어붙는 조수랑, 거센 추위와 싸우며, 누군가 열심히 일하고 있다. 나는 그 사람에게 정말 가엾고, 그리고 미안한 그런 생각이 든다. 나는 그 사람의 행복을 위해 도대체 어떻게 하면 좋은 것일까?)

조반니는 고개를 수그리고, 아주 울적해지고 말았습니다.

"무엇이 행복인지 알 수 없습니다. 정말 어떤 괴로운 일도 그것이 올바른 길을 나아가는 과정에서 생기는 일이라면, 고개를 오르락내리락하는 것도 모두 진정한 행복에 가까이 가는 한 걸음이니까요."

등대지기가 위로하고 있었습니다.

"아, 맞아요. 그저 최상의 행복에 이르기 위해 여러 가지 슬픔도 모두 하나님의 뜻입니다."

청년이 기도하는 것처럼 그렇게 대답했습니다.

그리고 그 누이와 남동생은 이제 피곤해서 각자 녹초가 되어 자리에 기대고 자고 있었습니다. 아까까지 그 맨발이었던 발에는 어느 사이에 희고 부드러운 신발을 신고 있었던 것입니다.

덜커덩덜커덩 기차는 눈부시게 아름다운 인광의 강가를 나아갔습니다. 맞은편 창을 보니, 들판은 마치 슬라이드와 같았습니다. 백 개나 천 개나 되는 크고 작은 다양한 삼각점표(三角覘標), 그 큰 것 위에는 빨간 점들을 친 측량기(測量旗)도 보이고, 들판 끝은 그것들이 온통 많이 많이 모여 까마득하게 푸르스름한 안개와 같고, 거기부터인가, 또는 더 건너편부터인가, 때때로 여러 가지 형태의 어렴풋한 봉화와 같은 것이, 교대로 아름다운 청색을 띤 자주색의 하늘에 올라가는 것이었습니다. 실로 그 투명한 아름다운 바람은, 장미 냄새로 가득 찼습니다.

"어떻습니까. 이런 사과는 처음이시지요?"

맞은편 자리의 등대간수가 어느 사이에 황금과 주홍으로 아름답게 채색된 커다란 사과를 떨어뜨리지 않으려고 양손으로 무릎 위에 부둥켜 들고 있었습니다.

"어라, 어디에서 왔습니까? 멋진 사과네요. 이 부근에서는 이런 사과가 납니까?"

청년은 정말 깜짝 놀란 듯이, 등대간수의 양손에 들려 있는 한 움큼의 사과를 눈을 가늘게 뜨거나 고개를 구부리거나 하면서 넋을 잃고 바라다보고 있었습니다.

"아니, 자, 집으세요. 어서, 자, 집으세요."

청년은 하나 집고 조반니들 쪽을 힐끔 보았습니다.

"자, 맞은편의 도련님들, 드시지 않겠습니까? 집으세요."

조반니는 도련님이라고 불렸기 때문에 조금 부아가 나서, 말을 하지 않고 있었습니다만, 캄파넬라는,

"고마워요."

라고 말했습니다.

그러자 청년은 직접 집어서 한 개씩 두 사람에게 집어서 넘겨주었기 때문에 조반니도 일어서서 "고마워요."라고 말했습니다.

등대간수는 가까스로 양팔을 놀릴 수 있게 되어, 이번에는 직접 하나씩 자고 있는 누이와 남동생의 무릎에 가만히 올려놓았습니다.

"정말 고마워요. 어디에서 났습니까? 이렇게 멋진 사과는"

청년은 뚫어지게 보면서 말했습니다.

"이 부근에서는 물론 농업도 합니다만, 대개 저절로 좋은 것이 나는 그런 약속이 되어 있습니다. 농업도 그다지 수고는 들지는 않습니다. 대개 자기가 원하는 종자만 뿌리면 저절로 쑥쑥 자랍니다. 쌀도 태평양 부근처럼 왕겨도 없고 열 배나 크고 냄새도 좋습니다. 하지만, 여러분들이 계시는 쪽이라면, 농업은 이제 없습니다. 사과도 과자도 찌꺼기가 조금도 없으니까, 모두 그 사람 그 사람에 의해 다른, 약간의 좋은 향이 되어 털구멍에서 흩어져 버리는 것입니다."

갑자기 남자아이가 눈을 큼지막하게 뜨고 말했습니다.

"아, 나, 지금 엄마 꿈을 꾸었어. 엄마가 말이지, 멋진 찬장과 책이 있는 곳에 있고 말이지, 내 쪽을 보고 손을 내밀어 방실방실 방실방실 웃었어. 내가, 엄마. 사과를 주워 와서 드릴까요? 라고 했더니, 눈을 뜨고 말았어. 아 여기 아까 그 기차 안이네."

"그 사과가 거기에 있습니다. 이 아저씨에게서 받았어요." 청년이 말했습니다.

"고마워요, 아저씨. 어라-. 가오루 언니 아직 자고 있네, 내가 깨워 주지. 누나. 봐, 사과를 받았어. 일어나 봐."

누나는 웃으며 눈을 뜨고, 눈이 부신 듯이 양손을 눈에 대고 그러고 나서 사과를 보았습니다.

남자아이는 마치 파이를 먹는 것처럼, 벌써 그것을 먹고 있었습니다. 다시 모처럼 깎은 그 아름다운 껍질도, 도르르 코르크 마개 뽑이와 같은 형태가 되어 마루에 떨어질 때까지, 쑥-하고 잿빛으로 변해서 증발하고 말았습니다.

두 사람은 사과를 소중히 주머니에 넣었습니다.

하류 건너편 강가에 파랗게 무성한 커다란 숲이 보이고, 그 가지에는 잘 익어 새빨갛게 빛나는 동그란 열매가 가득, 그 수풀 한가운데에 높디높은 삼각점표(三角覘標)가 서 있고, 숲속에서는 차임(chimes)이랑 실로폰에 섞여 형용할 수 없이 아름다운 음색이, 녹는 것처럼 스며드는 것처럼 바람에 이끌려 흘러나오는 것이었습니다.

청년은 오싹 하며 몸을 흔드는 것처럼 했습니다.

말을 하지 않고 그 악보를 듣고 있으니, 그 부근에 온통 노란색이랑, 옅은 녹색의 밝은 들판인지 깔개가 펼쳐지고, 또 새하얀 초와 같은 이슬이 태양의 표면을 스쳐가는 것처럼 생각되었습니다.

"어머, 저 까마귀."

캄파넬라의 옆에 있는 가오루라고 불린 여자아이가 소리를 질렀습니다.

"까마귀가 아니야. 전부 까치야."

캄파넬라가 다시 무심결에 꾸짖는 듯이 외쳤기 때문에, 조반니는 다시 엉겁결에 웃고, 여자아이는 부끄러운 듯이 행동했습니다. 정말 강가의 모래밭의 푸르스름한 등불 위에, 검은 새가 많이 많이 가득 줄지어 앉아 가만히 강의 미광(微光)[42]을 받고 있었습니다.

"까치네요, 대가리 뒤에 있는 곳에 털이 꼿꼿하게 나 있으니까."

청년은 그 자리를 수습하는 듯이 말했습니다.

맞은편의 푸른 숲속의 삼각점표(三角覘標)는 완전히 기차의 정면에 왔습니다. 그때, 기차의 훨씬 뒤쪽으로부터, 바로 그 귀에 익은 306번 찬미가의 선율이 들려왔습니다. 상당한 인원수가 합창하고 있는 것 같았습니다. 청년은 확 안색이 창백해지고, 서서 한 번 그쪽에 갈 것처럼 보였습니다만, 생각을 바꾸어 다시 앉았습니다. 가오루코는 손수건을 얼굴에 대고 말았습니다.

조반니까지 왠지 코가 이상해졌습니다. 하지만 언제인지도 모르고 누군지도 모르게 그 노래는 불리기 시작해서, 점점 확실히 세졌습니다. 자기도 모르게 조반니도 캄파넬라도 함께 부르기 시작한 것입니다.

그리고 파란 감람나무의 수풀이, 보이지 않는 은하수 건너편에 끝없이 빛나면서, 점점 뒤쪽으로 가 버리고, 거

---

42) 미광(微光) : 아주 희미하고 약한 불빛.

기에서 흘러나오는 기이한 악기 소리도, 이제 기차의 울림이랑 바람 소리에 닮아 없어져서 훨씬 희미하게 되었습니다.

"아, 공작이 있어. 아, 공작이 있어."

"저 수풀, 수금(竪琴)[43]의 숙소이지요? 나, 틀림없이 저 수풀 속에 옛날의 커다란 오케스트라 사람들이 모여 계실 것이라고 생각해. 주위에는 파란 공작이랑 무엇인가 많이 있을 것 같아."

"네, 많이 있어."

여자아이가 대답했습니다.

조반니는 그 작고 작아져서 지금은 이제 하나의 녹색의 조개 단추처럼 보이는 수풀 위에 번뜻번뜻 푸르스름하게 가끔 빛나며 그 공작이 날개를 펴거나 접거나 하는 빛의 반사를 보았습니다.

"맞아, 공작 소리도 아까 들었어."

캄파넬라가 여자아이에게 말했습니다.

"네, 삼십 마리 정도는 확실히 있어." 여자아이가 대답

43) 수금(竪琴) : 「琴(ライラ)」는 고대 메소포타미아·이집트·그리스 등에서 사용된 수금(竪琴)으로 하프나 리라(lyra) 등을 가리킨다.

했습니다.

조반니는 갑자기 아무 말도 못하고, 슬픈 생각이 들어 자기도 모르게,

"캄파넬라, 여기부터 뛰어내려 놀다 가자."라고 무서운 얼굴을 하고 말하려고 했을 정도이었습니다.

그런데 그 때, 조반니는 강 하류의 먼 곳에 이상한 것을 보았습니다. 그것은 확실히 무엇인가 검은, 매끈매끈하고 가늘고 긴 것으로, 저 보이지 않는 은하수의 물 위에 튀어 나와서 조금 활과 같은 형태로 나아가다가 다시 물속에 숨은 것 같았습니다. 이상하다고 생각해서 다시 정신을 차리고 보니, 이번에는 훨씬 근처에서 다시 그런 일이 있었던 것 같았습니다. 그러는 사이, 이미 이쪽에서도 저쪽에서도 그 검은 매끈매끈한 이상한 것이 물에서 튀어나와서, 동그랗게 날며 다시 머리로부터 물로 빠져 들어가는 것이 많이 보이기 시작했습니다. 전부 고기처럼 강 상류로 올라가는 것 같았습니다.

"어머, 뭐지? 다찬[44]. 봐. 정말 많네. 무엇일까? 저것은."

---

44) 다찬 : 다다시(タダシ) 가족은 문장대로 기재하면, 아버지, 엄마, 기쿠 누나(큰언니 ; 장녀), 가오루(=가오루코 ; 차녀) 그리고 막내

졸린 듯 눈을 비비고 있던 남자아이는 깜짝 놀란 듯이 일어났습니다.

“뭘까?” 청년도 일어났습니다.

“어머, 이상한 물고기네. 뭘까? 저것은.”

“돌고래입니다.”

캄파넬라가 그쪽을 보면서 대답했습니다.

“돌고래라니, 나는 처음이야. 하지만 여기는 바다가 아니지요?”

“돌고래는 바다에 있다고 정해져 있지 않아.”

그 이상하고 낮은 소리가 다시 어딘가에서 났습니다.

정말 그 돌고래의 형태가 이상한 것은, 두 개의 지느러미를 마치 양손을 내려서 부동자세를 취한 것처럼 물속에서 튀어 나와서 공손하게 머리를 아래로 하고, 부동

아들인 다다시(누나로부터는 ‘다찬(たあちゃん)’이라고 불리고 있다)와 같이 다섯 명이다. 어머니는 이미 사망했다. 이상은 이시이 다케오(石井竹夫:2013) 「宮沢賢治の『銀河鉄道の夜』に登場する「にはとこのやぶ」と駄々っ子」(미야자와 겐지의 『은하철도의 밤』에 등장하는 「にはとこのやぶ」와 떼쟁이, Elderberry Bush and Spoiled Child Appeared in “Night on the Milky Way Train” Written by Kenji Miyazawa) 『人植関係学誌』(입식관계학지) 13(1): 15-18, 데이케이헤이세이(帝京平成)대학(大学). p.15에서 인용하여 적의 번역함.

자세 그대로 다시 물속으로 빠져들어 가는 것이었습니다. 보이지 않는 은하수의 물도 그때는 흔들흔들 파란 불꽃처럼 파도를 치는 것이었습니다.

"돌고래는 물고기일까요?" 여자아이는 캄파넬라에게 말을 걸었습니다. 남자아이는 아주 녹초가 되어 피곤한 듯이 자리에 기대고 자고 있었습니다.

"물고래, 물고기가 아닙니다. 고래와 같은 그런 짐승입니다" 캄파넬라가 대답했습니다.

"그쪽은 고래 본 적 있어?"

"난 있습니다. 고래, 머리와 검은 꼬리만 보입니다. 파도를 내뿜으면, 마치 책에 있는 것처럼 됩니다."

"고래라면 크지."

"고래는 큽니다. 새끼도 있을 정도로 큽니다."

"맞아, 나 아라비안나이트에서 봤어."

누나는 가느다란 은색 반지를 만지면서 재미있다는 듯이 이야기하고 있었습니다.

(캄파넬라, 나도 이제 가고 말 거야. 나 같은 사람은 고래를 본 적이 없단 말이야.)

조반니는 마치 참을 수 없을 정도로 안달복달하면서, 그래도 굳게, 입술을 깨물며 참고 창밖을 보고 있었습니다. 그 창밖에는 물고래 형태도 이제 보이지 않게 되고 강은 두 개로 갈라졌습니다. 그 새까만 섬의 한 가운데에 높디높은 망루가 하나 세워져 있고, 그 위에 헐거운 옷을 입고 빨간 모자를 쓴 한 남자가 서 있었습니다. 그리고 양손에 빨간색과 파란색 깃발을 들고 하늘을 쳐다보고 신호하고 있는 것이었습니다.

조반니가 보고 있는 동안, 그 사람은 쉬지 않고 빨간 깃발을 흔들고 있었습니다만, 갑자기 빨간 깃발을 내리고 뒤에 감추는 것처럼 하고, 파란 깃발을 높이 높이 올리고 마치 오케스트라 지휘자처럼 격렬하게 흔들었습니다. 그러자 공중에 쏴 하고 비와 같은 소리가 나고, 무엇인가 새까만 것이, 몇 뭉치나, 몇 뭉치나 총알처럼 강 건너편 쪽으로 날아갔습니다. 조반니는 엉겁결에 창에서 몸을 절반 내놓고, 그쪽을 쳐다보았습니다. 아름답고 아름다운 청색을 띤 자주색이 텅 빈 하늘 아래를, 실로 몇 만이나 되는 작은 새들이, 몇 조나 무리를 이루고 각자

바쁘게 바쁘게 울며 지나가는 것이었습니다.

"새가 날아가네" 조반니가 창밖에서 말했습니다.

"어디?" 캄파넬라도 하늘을 보았습니다.

그때 바로 그 망루 위에서 헐거운 옷을 입은 남자가 갑자기 빨간 깃발을 올리고 미친듯이 흔들며 움직였습니다. 그러자 딱 새떼는 지나가지 않게 되고, 그것과 동시에 푹 - [45]하는 깨지는 그런 소리가 강 하류 쪽에서 나고, 그러고 나서 잠시 쥐 죽은 듯이 고요했습니다. 라고 생각

---

45) 「ぴしゃあんというつぶれたような音」(푹 하는 깨지는 그런 소리)의 「ぴしゃあんと」에 관해서는 니이즈마 아키코(新妻明子:2016)는 다음과 같이 설명하고 있다.
「ぴしゃん」이라는 습관적 오노매토피어에 「あ(아)」를 삽입한다고 하는 겐지의 법칙(7b)에 의한 것이라고 생각된다. 「ぴしゃん」는, "①평평한 것을 거칠게 맞부딪쳤을 때의 높고 날카로운 소리. 두드려 맞는 것처럼 납작해진 모양. ②액체 등이 작게 튀는 소리. 또는 그런 모양."(오노(小野) 편(編)(2007:361))라고 정의되어 있는 것에 대해, 대응하는 영어역에서는 A. "squelch"「때려 으깨다, 쭈크러뜨리다」, B."dull thudding"「낮게 쿵하고 떨어지는 듯한」, C."earsplitting crash"「벼락같은 굉장한 소리」, D."splat"「철퍼덕」, E."wet"「축축한」과 같이 모두 다른 인상을 수반하는 표현으로 되어 있다. 이상은 新妻明子(2016) 「宮沢賢治『銀河鉄道の夜』におけるオノマトペー日英比較対照と解釈のプロセスー」(「미야자와 겐지 『은하철도의 밤』에 있어서의 오노매토피어 - 일영비교대조와 해석 프로세스 - 」 『常葉大学短期大学部紀要』(『도코하대학 단기대학부 기요』) 47号 p.40에서 인용.

했더니, 그 빨간 모자를 쓴 신호수(信号手)[46]가 다시 파란 깃발을 흔들며 외치고 있었습니다.

“지금이야말로 건너라 철새야, 지금이야말로 건너라 철새야!” 그 소리도 확실히 들렸습니다.[47]

그것과 함께 다시 몇만이나 되는 새떼가 하늘을 곧장 달리는 것이었습니다. 두 사람의 얼굴을 내밀고 있는 한 가운데의 창문을 통해 그 여자아이가 얼굴을 내밀고 아름다운 볼을 빛나게 하며 하늘을 우러러보았습니다.

---

46) 신호수(信号手) : 어떤 기관이나 단체에서 신호하는 일을 맡아보는 사람. 신호원(信号員). 여기에서 신호수는 새를 지키기 위해 신호기와 같은 역할을 다하고 있다.

47) 이야기에서는 또한 빨간 모자의 ‘신호수(信号手)’가 등장하고, 높은 망루 위에서 깃발을 흔들거나, “지금이야말로 건너라 철새야!” 라고 말하거나 하며 철새의 움직임을 통솔하고 있는데, 이 신호수에 의한 일사불란한 새떼의 행동은, 겐지가 결혼에 반대하는 근친자들을 빈정거린 것이라고 생각된다. 이상은 이시이 다케오(石井竹夫:2018) 「宮沢賢治の『銀河鉄道の夜』の発想の原点としての橄欖の森 - ケヤキのような姿勢の青年 後編 - 」(「미야자와 겐지의 『은하철도의 밤』의 발상의 원점으로서의 감람나무 - 느티나무와 같은 청년 후편 -, Peridotite Forest as the Origin of Idea in “Night on the Milky Way Train” Written by Kenji Miyazawa - Young Man in a Posture like Zelkova(The Latter Part) -) 『人植関係学誌(입식관계학지)』 18(1) : 19-23. 자료·보고. 데이케이헤이세이(帝京平成)대학(大学). p.18에서 인용하여 적의 번역함.

"어머, 이 새, 많네요, 어머 정말 하늘이 아름답기도 해라!" 여자아이는 조반니에게 말을 걸었습니다만, 조반니는 건방진 녀석, 마음에 안 든다고 생각하면서, 말을 하지 않고 입을 다물고 하늘을 쳐다보고 있었습니다. 여자아이는 작게 후유 하고 한숨을 쉬고, 말을 하지 않고 자리로 돌아왔습니다. 캄파넬라가 가엾다는 듯이 창에서 얼굴을 안으로 끌어당기고 지도를 보고 있었습니다.

"그 사람, 새에게 가르치고 있는 걸까요?" 여자아이가 살며시 캄파넬라에게 물었습니다.

"철새에게 신호하고 있는 것입니다. 틀림없이 어딘가에서 봉화가 오르기 때문이지요"

캄파넬라가 조금 미덥지 않은 듯이 대답했습니다. 그리고 차 안은 쥐 죽은 듯이 조용해졌습니다. 조반니는 이제 얼굴을 안으로 끌어당기고 싶었지만, 밝은 곳으로 얼굴을 내미는 것이 힘들어서 아무 말 없이 참고 그대로 서서 휘파람을 불고 있었습니다.

(어째서 나는 이렇게 슬픈 것일까? 나는 더욱 마음을 아름답게 크게 가져야 해. 저곳 물가의 훨씬 건너편에 마

치 연기와 같은 작고 파란 불이 보인다. 저것은 정말 조용하고 차갑다. 나는 저것을 잘 보고 마음을 가라앉혀야 해.)

조반니는 화끈해져서 아픈 머리를 양손으로 누르는 것처럼 하고, 그쪽을 보았습니다.

(아, 정말 어디까지도 어디까지도 나와 같이 갈 사람은 없을까? 캄파넬라도 저런 여자아이와 재미있는 듯이 이야기하고 있고, 나는 정말 힘드네.)

조반니 눈은 다시 눈물로 가득 차서, 은하수도 마치 먼 곳으로 간 것 같이 어렴풋이 희게 보일 뿐이었습니다.

그때 기차는 점점 강에서 멀어져서 벼랑 위를 통과하게 되었습니다. 건너편 물가도 다시 검은색 벼랑이 강가를 하류로 내려감에 따라, 점점 높아졌습니다. 그리고 힐끗 커다란 옥수수나무를 보았습니다. 그 잎은 빙빙 주름이 져서 오그라지고 잎 아래에는 이미 아름다운 녹색의 커다란 화포(花苞)가 빨간 털을 내뱉고 진주와 같은 열매도 힐끗 보였습니다. 그것은 점점 수를 늘리고, 이제 지금은 줄처럼 벼랑과 선로 사이에 나란히 서서, 자기도 모르게 조반니가 창에서 얼굴을 안으로 끌어당기고 맞은편 창을 보았을 때는, 아름다운 하늘 들판의 지평선 끝까지, 그 커다란 옥수수나무가 거의 전면에 심어져서 살랑살랑 바람에 흔들리고, 그 멋진 주름이 져서 오그라진 잎의 끝으로부터는, 마치 낮 동안 햇빛을 가득 빨아들인 금강석처럼 이슬이 잔뜩 달라붙어, 빨간색이랑 녹색이 번쩍번쩍 타서 빛나고 있는 것이었습니다. 캄파넬라가,

"저거 옥수수네."라고 조반니에게 말했지만, 조반니는 아무리 해도 기분이 나아지지 않아서, 그냥 퉁명스레 들판을 본 채,

"그렇겠지."라고 대답했습니다.

그 때 기차는 점점 조용해져서, 몇 개인가의 신호기와 전철기(転轍機)[48]의 등불을 지나, 작은 정거장에 멈추었습니다.

그 정면의 푸르스름한 시계는 정각 두 시를 가리키고, 바람도 없어지고 기차도 움직이지 않고, 아주 조용한 들판 속에 그 진자는 찰칵찰칵 정확한 시간을 새기고 가는

48) 전철기(転轍機) : 철도에서 차량을 다른 선로로 옮길 수 있도록 선로가 갈리는 곳에 설치한 장치.

것이었습니다.

그리고 참으로 그 진자 소리 사이를 멀리멀리 있는 들판의 끝에서, 희미한 선율이 실처럼 흘러나오는 것이었습니다.

"신세계교향악이네." 맞은편 자리의 누나가 혼잣말처럼 이쪽을 보면서 살짝 말했습니다.

정말 죄다 차 안에서는 그 검은 옷을 입은 키가 큰 청년도 누구 할 것 없이 모두 아름다운 꿈을 꾸고 있었습니다.

(이런 조용하고 좋은 곳에서 나는 어째서 유쾌해지지 못하는 걸까? 왜 이렇게 혼자 외로운 것일까? 하지만 캄파넬라는 말이야 너무 심하다, 나와 같이 기차를 타고 있으면서도, 마치 저런 여자아이하고만 이야기하고 있네. 나는 정말 괴롭다.)

조반니는 다시 손으로 얼굴을 절반 감추는 듯이 하고 맞은편 창밖을 응시하고 있었습니다.

투명한 유리와 같은 호각이 울리고 기차는 조용히 움직이기 시작하고, 캄파넬라도 쓸쓸하게 별 순례의 휘파람을 불었습니다.

"네, 네, 이제 이 부근은 (협곡이) 심한 고원이니까요"

뒤쪽에서 누군가 노인으로 보이는 사람이, 지금 잠이 깬 것 같은 그런 식으로 또깡또깡 이야기하고 있는 소리가 났습니다.

"옥수수도 막대기로 두 자 정도 구멍을 내 놓고 거기에 뿌리지 않으면 나지 않아요."

"그렇습니까? 강까지는 아직 꽤 남았을까요?"

"네, 네, 강까지는 이천 자에서 육천 자나 남았습니다. 이제 곧 마치 심한 협곡으로 되어 있어요."

맞아, 그렇지, 여기는 콜로라도 고원이 아니었을까? 조반니는 자기도 모르게 그렇게 생각했습니다.

그 누나는 남동생을 자기 가슴에 기대게 하고, 잠을 재우면서 검은 눈동자를 넋을 잃고 멀리 던지고 무엇을 보는 것도 아니고 생각에 잠겨 있었고, 캄파넬라는 아직 외로운 듯이 혼자서 휘파람을 불고, 남자아이는 마치 비단으로 싼 사과와 같은 얼굴을 하고 조반니가 보고 있는 쪽을 보고 있었습니다.

갑자기 옥수수가 없어지고 커다란 검은 들판이 온통 펼쳐졌습니다.

신세계교향악은 더욱 더 확실히 지평선 끝에서 끓어 오르고, 그 새카만 들판 속을 한 명의 인디언이 흰 새 깃털을 머리에 쓰고, 많은 돌을 팔과 가슴에 장식하고, 작은 활에 화살을 메기고 쏜살같이 곧장 쫓아오는 것이었습니다.

"어머나, 인디언이에요. 인디언이에요. 누나 보아요."

검은 옷을 입은 청년도 눈을 떴습니다.

조반니도 캄파넬라도 일어났습니다.

"달려와, 어머, 달려와. 뒤쫓아 오고 있는 것이겠지요"

"아니오. 기차를 쫓고 있는 게 아니에요. 사냥하거나 춤추거나 하는 거예요."

청년은 지금 어디에 있는지 잊어버렸다는 식으로 주머니에 손을 넣고 일어나면서 말했습니다.

정말로 인디언은 절반은 춤추고 있는 것 같았습니다. 무엇보다도 달린다고 하더라도 발을 밟는 방식이 더 경제적으로도 해석되며, 진지하게 될 수도 있을 것 같았습니다. 갑자기 또렷이 하얀 그 깃은 앞 쪽으로 쓰러질 것 처럼 되고, 인디언은 딱 멈춰 서서, 재빠르게 활을 하늘로 당겼습니다. 거기로부터 두루미 한 마리가 비슬비슬 떨어져 와서, 다시 달리기 시작한 인디언의 크게 벌린 양손으로 떨어져 들어왔습니다. 인디언은 기쁜 듯이 서서 웃었습니다. 그리고 그 두루미를 집어 이쪽을 보고 있는 그림자도, 이제 점점 작고 멀어지고, 전신주의 애자(碍子)가 반짝반짝 계속해서 두 개만 빛나고, 다시 옥수수 숲이 되고 말았습니다. 이쪽 창을 보니 기차는 정말 높디높은 벼랑 위를 달리고 있고, 그 계곡 밑에는 강이 역시 폭넓게 밝게 흐르고 있었습니다.

"네, 이제 이 부근부터 내리막입니다. 아무래도 이번에는 단숨에 저 수면까지 내려가는 것이니까 용이하지 않습니다. 이런 경사가 있으니까 기차는 절대로 건너편에서 이쪽으로는 오지 않습니다. 봐요, 이제 점점 빨라졌지요" 아까 노인인 것 같은 소리가 말했습니다.

쿵쿵하며 기차는 내려갔습니다. 벼랑 끝에 철도가 이를 때는 강 아래에 일부분만 밝게 내보였습니다. 조반니는 점점 마음이 밝아졌습니다. 기차가 작은 오두막 앞을 지나고, 그 앞에 한 어린이가 풀 없이 서서, 이쪽을 보고 있을 때 자기도 모르게 "저런." 하고 소리를 질렀습니다.

쿵쿵하며 기차는 달려갔습니다. 객실 안의 사람들은 절반이 뒤쪽으로 쓰러질 것처럼, 의자에 꽉 매달려 있었습니다. 조반니는 엉겁결에 캄파넬라와 웃었습니다. 그리고 은하수는 기차 바로 옆을 지금까지 상당히 거세게 흘러온 것 같이, 가끔 반짝반짝 빛나며 흐르고 있었습니다. 불그스름한 패랭이꽃이 여기저기 피어 있었습니다. 기차는 점차 진정된 듯 천천히 달리고 있었습니다.

맞은편과 이쪽 물가에 별 모양과 곡괭이를 그린 깃발이 서 있었습니다.

"저건 무슨 깃발일까?" 조반니가 겨우 말을 했습니다.

"글쎄, 모르겠는데, 지도에도 없는걸. 쇠로 만든 배가 놓여 있네."

"아."

"다리를 놓는 곳이 아닐까요?" 여자아이가 말했습니다.

"아, 저건, 공병대의 깃발이네. 가교 연습하고 있는 거야. 하지만, 부대 형태가 안 보이는데"

그때 건너편 물가 근처의 약간 하류 쪽에서, 보이지 않는 은하수의 물이 번쩍번쩍 빛나고, 기둥처럼 높이 뛰어오르고, "쿵." 하고 거센소리가 났습니다.

"발파야, 발파야." 캄파넬라는 덩실거렸습니다.

그 기둥처럼 된 물은 안 보이게 되고, 큰 연어나 송어가 반짝반짝 하얗게 배를 빛나게 하며 공중에 내던져서 동글한 원을 그리며 다시 물에 떨어졌습니다. 조반니는 이제 뛰어오르고 싶을 정도로 기분이 가벼워져서 말했습니다.

"하늘의 공병 대대이다. 어때? 숭어 같은 것이 마치 이렇게 되어 뛰어 올라갈 수 있었군. 난 이런 유쾌한 여행을 한 적이 없어. 좋구먼."

"저 숭어라면 근처에서 보면 이 정도가 되겠네, 물고기가 많이 있군, 이 물속에."

"작은 물고기도 있겠지요?"

여자아이가 이야기에 끌려들어 말했습니다.

"있을 겁니다. 큰 것이 있으니까 작은 것도 있을 겁니다. 하지만 머니까, 지금 작은 것이 보이지 않았겠지만" 조반니는 벌써 완전히 기분이 좋아져서 재미있는 듯이 웃고 여자아이에게 대답했습니다.

"저거 틀림없이 쌍둥이별의 신사야" 남자아이가 갑자기 창밖을 가리키며 소리를 질렀습니다.

오른쪽의 낮은 언덕 위에 작은 수정으로라도 만든 것과 같은 두 개의 신사가 늘어서 있었습니다.

"쌍둥이별님의 신사는 뭐야?"

"나 전에 몇 번이나 엄마에게서 들었어. 정확히 작은 수정의 신사로 두 개 늘어서 있으니까, 틀림없이 그래"

"이야기해 봐. 쌍둥이별님이 무엇을 했다고?"

"나도 몰라. 쌍둥이별님이 들판에 놀러 나가서, 까마귀와 싸움했을 거야."

"그렇지 않아. 저 있잖아, 은하수의 물가에 말이지, 엄마가 말씀하셨어……."

"그리고 살별[49]이 쌩쌩 후 쌩쌩 후[50] 하며 왔네."

---

49) 살별 : 혜성(彗星). 코멧[comet].

"아니야. 다찬, 그렇지 않아. 그것은 다른 쪽이야."

---

50) 「それから彗星ほうきぼしがギーギーフーギーギーフーて言いって来たねえ」(그리고 살별이 쌩쌩 후 쌩쌩 후 하며 왔네)의「ギーギーフーギーギーフー」아마 이 오노매토피어를 듣는 것만으로, 미야자와 겐지(宮沢賢治)의『은하철도의 밤(銀河鉄道の夜)』의 일절이라고 상기할 수 있을 정도로, 인상에 남는 오노매토피어이라고 생각된다. 습관적 오노매토피어로서「ぎーぎー」(ギーギー)와「ふー」(フー)는 인정되기 때문에, 겐지의 법칙(7b)와 (7d)에 기초하여, 이 2개를 합친 것일지도 모른다고 가정한다. 오노(小野) 편(編)(2007)에서는,「ぎーぎー」(ギーギー)는,「①어떤 것이 맹렬하게 삐걱거리며 나오는 크고 둔탁한 소리. 또는 그것과 닮은 소리나 목소리. ②막다른 곳으로 몰려 몹시 약해진 상태.」(오노(小野) 편(編)(2007:59)),「ふー」(フー)는「①바람이 부는 소리. 강하게 숨을 불어 내거나, 한숨을 쉬는 소리. 또는 그 모양. ②소리도 없이 급히 움직이는 모양.」(오노(小野)편(編)(2007:388))이라고 정의되어 있고, 이 2가의 소리나 모습을 합친 것일지도 모른다고 상상할 수 있다. 그러나 겐지 오노매토피어 특유의 사용법(8)③에 해당하는 것처럼,「ぎーぎー」(ギーギー)라고 하는 오노매토피어는 살별(혜성)이라는 명사와 사용되지는 않는다고 생각된다. 이와 같이 2개로 분해해서 생각해도 독특하다는 것을 알 수 있고「ギーギーフーギーギーフー」라고 하는 전체로서 어떻게 해석할 것인지는 읽은 사람에 달려 있다고 할 수 있다. 영어역에서는, A."blow"「쌩쌩 소리를 내다」, "wheeze"「쌕쌕 숨을 쉬다」, B."woosh"(훅! - 훅!), C."whoosh"「우우, 솨 하는 소리」, D."huff"「쌩쌩 불다」, E."puff"「홱 불다」이라고 하는 소리로서 표현되고, E에서는 영어역으로 바꾸지 않고 그대로 사용되고 있다. 이상은 新妻明子(2016)「宮沢賢治『銀河鉄道の夜』におけるオノマトペー日英比較対照と解釈のプロセスー」(「미야자와 겐지『은하철도의 밤』에 있어서의 오노매토피어 - 일영비교대조와 해석 프로세스 - 」『常葉大学短期大学部紀要』(『도코하대학 단기대학부 기요』) 47号 p.40에서 인용.

"그러면 저기에 지금 피리를 불고 있는 것일까?"

"지금 바다에 가 있어."

"안 돼. 이미 바다에서 올라와 계셨어."

"맞아, 그래. 나는 알고 있어. 내가 말씀을 드리겠어."

강 건너편이 갑자기 빨갛게 되었습니다.

버드나무랑 무엇인가도 새까맣게 훤히 비쳐 보이고, 보이지 않는 은하수의 파도도, 가끔 반짝반짝 철사처럼 빨갛게 빛났습니다. 정말 건너편 강안의 들판에 커다란 빨간 불이 태워지고, 그 검은 연기는 높게 청색을 띤 자주색의 차갑게 보이는 하늘도 태울 것 같았습니다. 루비보다도 빨갛게 투명하고, 리튬보다도 아름답게 황홀해진 것처럼 되어, 그 불은 타고 있었습니다.

"저것은 무슨 불일까? 저렇게 빨갛게 빛나는 불은 무엇을 태우면 생기는 것일까?" 조반니는 말했습니다.

"전갈 불이군." 캄파넬라가 다시 지도와 씨름하면서 대답했습니다.

"어머, 전갈 불이라면 나도 알고 있어"

"전갈 불이라는 건 뭐야?" 조반니가 물었습니다.

"전갈이 타서 죽은 거야. 그 불이 지금도 타고 있다고 해, 나 몇 번이나 아버지한테서 들었어"

"전갈은, 벌레지?"

"네, 전갈은 벌레야. 하지만 좋은 벌레야"

"전갈은 좋은 벌레가 아니야. 나, 박물관에서 알코올에 담겨 있는 것을 보았어. 꼬리에 이런 갈고리가 있어 그것으로 찔리면 죽는다고 선생님이 말했어."

"맞아. 하지만 좋은 벌레야, 아버지가 이렇게 말했어. 옛날의 바루도라 고원[51]에 한 마리의 전갈이 있어 작은

---

51) 바루도라 고원 : 이 '바루도라 고원(バルドラの野原)'의 일화는, 『아이누민요집』의 신요(神謡) 「梟の神の自ら歌った謡"銀の滴降る降るまわりに"」의 「옛날의 부자가 지금의 가난한 사람」과 「옛날의 가난한 사람이 지금은 부자」 이야기와 흡사하다. 그러나 동시에 이 일화는 시집 『봄과 수라(春と修羅)』의 서문(1924. 1. 20)에 '수라 10억년'이라고 나와 있는 것처럼, '다세포생물'에서 '포유류'로 진화해 가는 생명 10억 년의 수라(修羅)[생존경쟁(生存競争)]의 역사도 이야기하고 있는 것처럼 생각된다. '바루도라 고원(バルドラの野原)'의 '「바루도라(バルドラ)'란, 」란, 카라코람 산중의 빙하의 이름 '바루토로(バルトロ;Baltro)'에서 유래한다고 하는 연구자(사다카타(定方) , 2009)도 있지만, 저자는 '발트 해(Baltic Sea)'에 떠오르는 스웨덴 영 고틀란드(Gotland) 섬에 관한 것으로, 「Balt」와 「Land」를 합성하여 만든, 겐지의 조어(造語)라고 생각하고 있다. 이상은 이시이 다케오(石井竹夫:2018) 「宮{沢賢治の『銀河鉄道の夜』の発想の原点としての橄欖の森 - カムパネルラの恋　後編 - 」{「미

벌레 등을 죽여서 먹고 살고 있었대. 그러자 어느 날 족제비에게 발견되어 금세라도 잡아먹힐 것 같이 되었대. 전갈은 열심히 도망쳤지만, 결국 족제비에게 붙잡힐 것 같이 되었어. 그때 갑자기 앞에 우물이 있어 그 속에 떨어지고 말았어. 이제 아무리 하여도 올라갈 수 없어서, 전갈은 물에 빠지기 시작한 것이야. 그때 전갈은 이렇게 말하며 기도했다고 해.

"아, 나는 지금까지, 몇 개의 목숨을 취했는지 모른다. 그리고 그런 내가 이번에 족제비에게 잡히려고 할 때는, 그렇게 열심히 도망쳤다. 그럼에도 결국 이런 꼴이 되고 말았다. 아, 아무것도 믿을 수 없다. 어째서 나는 내 몸을, 잠자코 족제비에게 기꺼이 주지 않았을까? 그러면 족제비도 하루 목숨을 부지했을 터인데. 부디 하나님. 제 마음을 보십시오. 이렇게 허무하게 목숨을 버리지 않고, 부디 이 다음에는, 진정으로 모두의 행복을 위해 제 몸을 써 주십시오."

야자와 겐지의 『은하철도의 밤』의 발상의 원점으로서의 감람나무의 수풀 - 캄파넬라의 사랑 후편 -」『입식관계학지(人植関係学誌). 17(2) : 27-2. 2018. 자료·보고.』 데이케이헤이세이(帝京平成)대학. pp.28-29에서 인용.

라고 말했대. 그랬더니 어느 사이에 전갈은 자신의 몸이, 새빨갛고 아름다운 불이 되어 타고, 밤의 어둠을 비치고 있는 것을 보았다고 해. 지금까지 타고 있다고 아버님이 말씀하셨어. "정말 저 불, 그거야."

"그래. 보게나. 그 부근의 삼각점표(三角覘標)는 마치 전갈 모양으로 늘어서 있어."

조반니는 정말로 그 커다란 불 건너편에 세 개의 삼각점표(三角覘標)가, 마치 전갈의 팔처럼, 이쪽에 다섯 개의 삼각점표(三角覘標)가 전갈의 꼬리랑 갈고리처럼 늘어서 있는 것을 보았습니다. 그리고 정말 그 새빨간 아름다운 전갈의 불은 소리 없이 밝고 밝게 탄 것입니다.

그 불이 점점 뒤쪽으로 감에 따라, 다들 아무 말도 못하고 흥청거리는, 여러 가지 음악 소리랑 화초의 냄새와 같은 것, 휘파람이랑 사람들의 와글와글하는 소리 등을 들었습니다. 그것은 이제 곧 근처에 마을인가 무엇인가가 있어, 거기에 축제라도 있다고 하는 그런 생각이 들었습니다.

"켄타우르, 이슬을 내리게 하라[52)]" 갑자기 지금까지

자고 있던 조반니 옆에 있는 남자아이가 맞은편 창을 보면서 소리를 지르고 있었습니다.

아. 거기에는 크리스마스트리처럼 새파란 당회(唐檜)[53]나 전나무가 서서, 그 안에는 많고 많은 소형 전구가 마치 천 개의 개똥벌레라도 모인 것처럼 달려 있었습니다.

"아, 그러네. 오늘밤이 켄타우루축제이네."

---

52) "켄타우르, 이슬을 내리게 하라"=「ケンタウル露つゆをふらせ」: 「켄타우루축제(ケンタウル祭)」 밤, 아이들은 "켄타우르, 이슬을 내리게 하라" 라고 외치면서 달립니다. 이 '이슬'이 페르세우스자리유성군(Perseids)입니다. 겐지(賢治)의 「별 순례 노래(星めぐりの歌)」에는 「オリオンは高く うたひ つゆとしもとを おとす(오리온은 소리 높여 부르고, 이슬과 길게 뻗은 새로 나온 나뭇가지를 떨어뜨린다)」라고 하는 개소가 있습니다. 이 「이슬(つゆ)」은 오리온자리유성군입니다. 오리온자리유성군은 매년 10월 20일 전후 보이며, 핼리 혜성의 먼지가 가져오는 유성군입니다. 이와 같이 겐지는 유성군을, 이슬이 내려오는 정경으로 표현하고 있었습니다. 페르세우스자리유성군은 당시부터 '사분의자리 유성군(Quadrantids)' '쌍둥이자리 유성군(Geminids)'와 함께 삼대 유성군의 하나로 알려져 있었기 때문에, 별을 보는 것을 좋아했던 겐지는, 어릴 때부터 페르세우스자리유성군을 보고 있었음에 틀림없습니다. 이상은 http://blog.scienceweb.jp/?eid=66에서 인용하여 적의 번역함.

53) 당회(唐檜)(학명 : Picea jezoensis var. hondoensis) : 가문비(假紋榧)·어린송(魚鱗松)·삼송(杉松)·사송(沙松)·가목송(椵木松) 등으로도 불린다.

"아, 여기는 켄타우루 마을이야" 캄파넬라가 금방 말했습니다.

(이 사이 원고 없음)[54]

---

54) 그리고 〔이 사이 원고 1장?(以下原稿一枚?)〕으로 되어 있으니, 원래는 거기에서 더욱 더 '켄타우루 마을'에 관해 계속해서 이야기되고 있을지도 모르지만, 지금은 아는 방도가 없다. 그럼, 돌이켜보면, 이 작품의 "四 켄타우루축제의 밤"이 있었던 것처럼 이 밤에는 축제가 열리고 있는 것이다. 그래서 이 켄타우루축제의 밤인데, 작품에서는 다음과 같은 축제라고 말하고 있다.
이 축제는 별 축제이며, 은하 축제이다. 마을의 집들에서는 주목(Taxus cuspidata)의 잎의 방울을 늘어뜨리거나 노송나무 가지에 등불을 달거나 한다. 그와 같은 모양은 크리스마스트리와 같고, 많은 소형전구가 마치 수많은 개똥벌레라도 모인 것 같기도 하다. 그리고 아이들은 모두 새 깎기가 달린 옷을 입고, 별 순례의 휘파람을 불거나, "켄타우르스, 이슬을 내리게 하라" 라고 부르며 달리거나 파란 마그네시아 불꽃을 태우거나 하며 노는 것이라고 한다. 나아가서는 어린이들은 파란 등불이 달린 쥐참외를 각자 강에 흘려보내는 『쥐참외 띄워 보내기』를 한다고 하는 축제이다. 이와 같은 '켄타우루축제' 그 자체가 세계 어딘가에 있다고 하는 것을 나는 모르지만, 겐지는 별 축제라고 말하고 있기 때문에, 『하늘 이름(宙の名前)』(하야시 간지(林 完次) 저(著)에서 별 축제를 조사해 보면, '별 축제'에 관해, "밀교(密教)"에서 초복, 액막이를 위해, 당사자인 청년에 해당하는 본명성(本命星, 각 사람의 태어난 해에 해당하는 별로 북두칠성을 구성하는 7개의 별)과 당년성(当年星, 금년의 해당하는 별을 말하는데, 각자의 연령에 의해 구요성(九曜星)에서 정해진다)을 제사지내고, 공양하는 것으로, 「星供(ほしく)」라고도 합니다. 그리고 "칠석제(七夕祭)를 가리키는 경우도 있습니다."라고 나와 있으니까, 칠석제

"볼 던지기라면 나는 절대로 실패하지 않아"

남자아이가 제법 으스대며 말했습니다.

"이제 곧 서든클로스입니다. 내릴 준비를 해 주세요.
청년은 모두에게 말했습니다.

"나, 조금 더 기차를 타고 있을 게" 남자아이가 말했습니다.

캄파넬라 옆에 있는 여자아이는 안절부절 불안해하면서 일어나서 준비를 시작했습니다만, 역시 조반니들과 헤어지고 싶지 않은 그런 모습이었습니다.

"여기에서 내려야 합니다" 청년은 꽉 입을 다물고 남

(七夕祭)를 겐지(賢治)답게, 배열한 것이 '켄타우루축제'인 것은 아닐까? 그리고 그것은 '켄타우루 마을'에서 행해진다고 겐지는 설정한 것이다.
그럼 그 "켄타우루"가 별자리와 관계가 있는가 하면, 곧바로 마음속에 떠오르는 것이 '켄타우루스자리(Centaurus)'이다. ……
이상이 현 시점에서 내가 조사해 본 것인데, 더 조사해 보면 실은 모델이 있을지도 모르지만, 아마도 '켄타우루 마을'과 '켄타우루축제'의 대부분은 겐지의 창작이 아닌지 나는 생각한다. 이상은 [『銀河鉄道の夜』とのこと(その4)
https://blog.goo.ne.jp/suzukikeimori/e/8f28cbc67516998f1d52552dd3e3a5fb]에서 인용하여 적의 번역함.

자아이를 내려 보면서 말했습니다.

“싫어. 나도 좀 더 기차를 타고 나서 갈 거야.”

조반니가 참다못해 말했습니다.

“우리들과 같이 타고 가자. 우리는 어디까지라도 갈 수 있는 표 가지고 있는 거야?”

“하지만 우리들, 이제 여기에서 내려야만 해. 여기 하늘에 가는 데니까”

여자아이는 쓸쓸하게 말했습니다.

“하늘과 같은 데에 안 가도 되잖아? 우리는 여기에서 하늘보다도 더 좋은 곳을 만들지 않으면 안 된다고 우리 선생님이 말 했어.”

“하지만 엄마도 가 계시고, 게다가 하나님께서 말씀하셔.”

“그런 하나님 거짓 하나님이야.”

“그쪽 하나님은 거짓 하나님이야.”

“그렇지 않아.”

“그쪽의 하나님이란, 무슨 하나님입니까?”

청년은 웃으면서 말했습니다.

"나는 사실은 잘 모릅니다. 하지만 그런 것이 아니고, 진정한 단 한 사람의 하나님입니다."

"진정한 하나님은 물론 단 한 사람입니다."

"아, 그런 게 아니라, 단 한 사람의 진정한, 참된 하나님입니다."

"그러니까 그렇지 않습니까? 저는 그대들이 머지않아 그 진정한 하나님 앞에, 저희와 만나시는 것을 기도하겠습니다." 청년은 조신하게 양손을 끼었습니다.

여자아이도 마치 그대로 했습니다. 모두 정말 헤어지는 것이 섭섭한 것처럼 보이고, 그 안색도 조금 창백하게 보였습니다. 조반니는 하마터면 소리를 내서 울음을 터뜨릴 뻔했습니다.

"자. 이제 준비는 되었습니까? 곧 서든클로스이니까요."

아. 그때였습니다. 보이지 않는 은하수의 훨씬 강 하류에 파란색이나 주황색이나, 벌써 모든 빛으로 아로새겨진 십자가가, 마치 한 그루의 나무라고 하는 식으로 강 속으로부터 서서 빛나고, 그 위에는 푸르스름한 구름이

둥근 고리가 되어 후광처럼 걸려 있는 것이었습니다. 기차 안이 마치 수선수선했습니다. 모두 그 북십자성 때처럼 똑바로 서서 기도를 시작했습니다. 이쪽에도 저쪽에도 아이들이 오이에 달려들었을 때와 같은 기쁨의 소리나 형용할 수 없는 깊고 조신한 한숨 소리만 들렸습니다. 그리고 점점 십자가는 창 정면이 되고, 바로 그 사과의 살[55]과 같은 푸르스름한 고리의 구름도, 느릿하게 느릿

---

55) 사과의 살(苹果の肉) : 남십자성에 등장하는 '사과의 살(과육)'은, '십자가' 위에 있는 후광(後光)과 같은 '푸르스름한 구름'을 표현하는 비유로서 쓰이고 있다. 북십자성의 '십자가' 는 실제로 금색의 '원광(円光)'을 발하고 있었다. '원광(円光)'은 불상이나 보살상의 두정(頭頂)의 뒤에서 발하는 광명을 말하며, '후광(後光)'이라고도 부른다. 그러나 남십자성의 '십자가'에는 이 '원광(円光)=후광(後光)'은 없다. 남십자성에 있는 것은 '사과의 살(과육)'으로 비유한 후광과 같은 '푸르스름한 구름'이다. 북십자성의 '사과의 증거'는, '부뚜막 불'의 '따스함'을 연상시키는데, 남십자성의 '사과의 살(과육)'은 어떤지 기분이 나쁘고 차갑다. '푸르스름한 구름'은 짧은 문장 속에 두 번이나 반복되고 있어서, 보다 한층 기분이 나쁘다. '십자가'도 그 자체가 빛내고 있는 것은 아니다. '십자가' 는 '파란색이랑 등자색이랑 정말 모든 빛'을 발하는, 눈을 덮을 정도의 많은 장식품으로 장식되어 있을 뿐이다. 이상은 이시이 다케오(石井竹夫, 2014) 「宮沢賢治の『銀河鉄道の夜』に登場するリンゴと十字架(後編), 미야자와 겐지의 『은하철도의 밤』에 등장하는 사과와 십자가(전편)」, Apple and Cross Appeared in "Night on the Milky Way Train" Written by Kenji Miyazawa "The First Part" p.46에서 인용하여 번역함.

그럼 왜, 북십자성의 '사과'로부터는 따듯함이 느껴지는데, 남십자성에서는 어쩐지 기분 나쁘고 차가운 이미지밖에 전달되지 않는 것일까? 겐지의 종교에 대한 파악 방식이 성장과 더불어 변화한 것일 것이다. 겐지는 구제(旧制)모리오카(盛岡)중학교 고학년(19세) 때에, 시마지 다이토(島地大等)의 『한일대조(漢和對照) 묘법연화경(妙法蓮華經)』을 접하고, 전신이 부들부들 떨릴 정도의 감동을 받고, '법화경(法華経)신앙'에 깊이 빠져 들어간다. 겐지에게 '법화경(法華経)신앙'은 그 후 생애에 걸쳐 변하지 않는다. 1921년(다이쇼(大正)10년) 1월에는, 무단으로 상경하여, 법화경을 최고의 가르침을 삼는 '니치렌쇼(日蓮宗)'의 승려인 다나카 치가쿠(田中智学)가 창설한 종교단체 고쿠주카이(国柱会) 신행부(信行部)에 입회하고 있다(겐지 25세). 정토진종(浄土真宗)을 믿는 아버지에게 '니치렌쇼(日蓮宗)'으로의 개종을 요청하여, 부자 사이에 격렬한 논쟁이 일어나는 것도 이 무렵이다. 겐지의 정토진종에 대한 분노는, 『농민예술개론(農民芸術概論)』(1926)에서는 "일찍이 우리 스승과 아버지들은 가난하면서도 상당히 즐겁게 살고 있었다 / 거기에는 예술도 종교도 있었다 / 지금 우리들에게는 오직 노동이, 생존이 있을 뿐이다 / 종교는 피폐하고 과학에 의해 치환되고 게다가 과학은 차고 어둡다", 그리고 『농민예술의 흥륭(興隆)』(1926)에서는 "보이지 않는 그림자에 협박당한 종교가, 진종(真宗)", "그리고 내일에 관해 어떤 희망을 주지 않는다. 지금 종교는 일시적인 위안이라고 선전, 지옥", 나아가서는 "잘 그 사람의 소리를 들어라, 거짓말을 냄새를 맡아서 찾아내라, 오타니 고즈이가 말한다, 자칭 사상가라고 말한다, 사람 중에서 누가 사상을 안 가진 사람이 있을까?" 라고 기재되어 있다(우에다(上田), 1985). ……겐지는 열성적인 니치렌쇼(日蓮宗)의 신자가 되었지만, 기독교에도 관심은 버리고 있지 않았다. 「비에도 지지 않고(雨ニモマケズ)」의 모델이라고도 하는, 무교회주의 기독교도로서 하나마키(花巻)에 사는 사이토 소지로(斎藤宗二郎)와는 1921년부터 그가

도쿄에 이사(1926년)할 때까지 친하게 교류가 계속되었다. 그러나 본 논문의 인용문의 '어쩐지 기분이 나쁜 사과의 살(과육)'과 같은 '푸르스름한 구름'이 보이는 바와 같이 기독교에도 비판적으로 되었다. '전갈의 불'에 관한 일화가 이야기된 이후에도, 겐지는 조반니를 매개로 하여 여자아이에게 '그런 하나님, 거짓 하나님이야.'라고 말을 시키고 있다. 1949년에 모리오카가톨릭교회의 전도사가 된, [우에다 데츠(上田哲) 1985]는, 겐지의 기독교 비판에 대해, "이 부정은 〈살아 있는 하나님〉에 대한 믿음을 잊고, 메이지(明治)재선교(再宣教) 당시의 정열을 잃고 체제화하기 시작한 당시의 일본 기독교의 신앙의 태도에 대한 비판을 담은 것"이라고 설명하고 있다. 문학과 기독교에 조예가 깊은 [사토 야스마사(佐藤泰正) 2000]도, 겐지가 작품에서 "십자가"나 "찬미가" 등, 기독교의 이미지로 채색된 천상 세계를 '높고', '차갑게 보이는 하늘'이라고 부르고, '전갈의 불'이 이것을 새까맣게 태우면서 계속 불타고 있다고 표현한 것에 관해, 이것은 겐지의 기독교를 포함한 기성 종교(혹은 불교의 종파, 기독교의 종파)에 대한 위화감 혹은 비판의 격한 표현이라고 했다.

이상은 이시이 다케오(石井竹夫, 2014) 「宮沢賢治の『銀河鉄道の夜』に登場するリンゴと十字架(後編), 미야자와 겐지의 『은하철도의 밤』에 등장하는 사과와 십자가(후편)」; Apple and Cross Appeared in "Night on the Milky Way Train" Written by Kenji Miyazawa "The First Part" pp.46-47에서 인용하여 적의 번역함.

백조 정거장(북십자성)이나 서든클로스(남십자성) 정거장 근처에는 '십자가'도 서 있고, 거기에는 '십자가'와 함께 기독교를 연상시킬 수 있는 '사과'도 등장한다. 북십자성에서의 '사과'를 쳐다보는 캄파넬라의 볼의 빨간 색을 표현하는 비유로 쓰이고, 그리고 남십자성에서는 '십자가' 위에 있는 푸르스름한 구름을 표현하는 비유로 쓰이고 있다. 그러나 북십자성과 남십자성에서 등장하는 '사과'에서 해석되는 기독교적 이미지는 상당히 다르다. 예를 들어하게 돌고 있는 것이 보였습니다.

"할레루야, 할레루야" 밝고 즐겁게 모두의 소리가 울려 퍼지고, 다들 그 하늘 멀리에서, 차가운 하늘 멀리에서, 투명한 뭐라고 형용할 수 없이 신선한 나팔 소리를 들었습니다. 그리고 많은 신호기와 전등불 속을 기차는 점점 느릿해지고 드디어 십자가의 바로 맞은편에 가서 완전히 멈추었습니다.

"자 내려야 해요." 청년은 남자아이의 손을 잡아 이끌고, 누나는 서로 옷깃과 어깨를 고쳐 주고 점점 맞은편 출구 쪽으로 걷기 시작했습니다.

"그럼, 잘 가요."

여자아이가 뒤돌아보고 두 사람에게 말했습니다.

"잘 가."

조반니는 마치 울음을 터트리고 싶은 것을 참고 화난

북십자성의 '사과'는 '사과의 증거'로 표현되는 것처럼 밝고 따뜻하지만, 남십자성의 '사과'는 어쩐지 기분이 나쁘고 차갑다.
이상은 이시이 다케오(石井竹夫, 2014) 「宮沢賢治の『銀河鉄道の夜』に登場するリンゴと十字架(後編), 미야자와 겐지의 『은하철도의 밤』에 등장하는 사과와 십자가(후편)」; Apple and Cross Appeared in "Night on the Milky Way Train" Written by Kenji Miyazawa "The First Part" p. 49에서 인용하여 적의 번역함.

듯이 무뚝뚝하게 말했습니다.

여자아이는 자못 괴로운 듯이 눈을 크게 하고, 다시 한번 이쪽을 뒤돌아보고, 그러고 나서 잠자코 나가 버렸습니다. 기차 안은 이미 절반 이상이나 비고 갑자기 횅댕그렁하니, 적적해지고 바람이 가득 불어 들어왔습니다.

그리고 보고 있자, 다들 조심스럽게 줄지어, 바로 그 십자가 앞의 은하수 둔치에 무릎을 꿇고 있었습니다. 그리고 그 보이지 않는 은하수 물을 건너, 거룩하고 흰옷을 입은 한 사람이 손을 뻗어 이쪽으로 오는 것을 두 사람은 보았습니다. 하지만 그때는 이미 유리 호루라기가 울리고 기차는 움직이기 시작하고, 그런가 하고 생각하는 사이에 은색의 안개가 강 하류 쪽으로부터, 사르르 흘러와서, 더 이상 그쪽은 아무것도 안 보이게 되었습니다. 그냥 많은 호두나무가 잎을 빛이 눈부시게 빛나게 해서 그 안개 속에 서서, 황금 원광(圓光)을 지닌 전기 다람쥐가 귀여운 얼굴을 그 속에서 끔벅끔벅 엿보고 있을 뿐이었습니다.

그때, 사르르 하며 안개가 개기 시작했습니다. 어딘가

로 가는 가도인 양, 작은 전등이 한 줄에 달린 길이 있었습니다. 그것은 잠시 동안 선로를 따라 앞으로 나아가 있었습니다. 그리고 두 사람이 그 등불 앞을 지나갈 때는, 그 작은 콩 색깔의 불은 마치 인사라도 하는 것처럼 딱 꺼지고, 두 사람이 지나갈 때 다시 켜지는 것이었습니다.

뒤돌아보니, 아까 본 십자가는 아주 작아져서, 정말 이제 그대로 가슴에도 매달릴 것처럼 되고, 아까 떠난 여자아이와 청년들이 그 앞의 흰 둔치에 아직 무릎을 꿇고 있는 것인지, 그렇지 않으면 어딘가 방향도 모르는 그 하늘로 간 것인지, 희미해서 보고 구분할 수 없었습니다.

조반니는, 아, 하고 깊은 숨을 쉬었습니다.

"캄파넬라, 다시 우리 두 사람만 남았네, 어디까지나 어디까지나 같이 가자. 나는 정말, 그 전갈처럼, 정말 모두의 행복을 위해서라면 내 몸 같은 것은 백 번 태워도 상관없어."

"응, 나도 그래."

캄파넬라 눈에는 아름다운 눈물이 어려 있었습니다.

"하지만 진정한 행복은 도대체 뭘까?"

조반니가 말했습니다.

"난 몰라." 캄파넬라가 멍하니 말했습니다.

"우리 확실하게 하는 거야."

조반니는 가슴 가득히 새로운 힘이 솟는 것처럼, 후하고 숨을 내쉬면서 말했습니다.

"아, 저기 콜색[56]이야. 하늘 구멍이야" 캄파넬라가 조

---

56) 콜색(coal sack) : 남반구의 남십자성자리 남동쪽에 접하는 별이 거의 보이지 않는 부분인데, '석탄부대, 석탄자루, 석탄보자기'라는 뜻이다.
 조반니와 캄파넬라가 헤어지는 순간에 나오는 것이, 은하수에나 있는 구멍 『콜색(coal sack)』입니다. 이 구멍이 나타난 순간, 캄파넬라는 사라지고, 조반니는 혼자서 열차 남게 됩니다.
 이 '콜색(coal sack)'은, 암흑성운을 가리키는 것이라고 되어 있습니다. 최근에는 새로운 별이 태어나는 가스 덩어리가 이 암흑성운인 것을 알고 있었습니다만 겐지가 살아 있는 당시에는 어떤 것인지 해명되지 않았습니다. 이 '콜색(coal sack)'의 구멍은, 조반니와 캄파넬라가 타는 열차가 헤어진 상징이라고도 한다.
캄파넬라는 사라지는 순간, 창 멀리에 있는 들판을 가리키고, 거기에 자기 어머니가 있는 것, 저기야 말로 진짜 하늘이라고 말하지만, 조반니는 그것이 보이지 않습니다.
이것은 캄파넬라의 목적지가 가까운 것을 암시하는 묘사라고 할 수 있습니다. 캄파넬라도 다시, 강에 빠진 자네리 대신에 목숨을 잃은 순교자이라고 할 수 있습니다. 조반니와 마찬가지로 어디까지도 가겠다고 하는 그는, 서든클로스가 아닌 다른 하늘에 내려서 있습니다.
그것은, 그가 두 번 다시 조반니와 만날 수 없는 것을 암시하는

금 그쪽을 피하는 것처럼 하면서 은하수의 한 곳을 가리켰습니다.

조반니는 그쪽을 보고, 마치 간담이 내려앉고 말았습니다. 은하수의 한 곳에 커다란 시커먼 구멍이, 크게 나 있는 것입니다. 그 바닥이 얼마나 깊은지, 그 안에 무엇이 있는지, 아무리 눈을 비비고 엿보아도 아무것도 안 보이고, 그냥 눈이 찔리는 듯이 아픈 것이었습니다. 조반니가 말했습니다.

"나도 이제 저런 큰 어둠 속도 무섭지 않아. 반드시 모두의 진정한 행복을 찾으러 가겠다. 끝까지 끝까지 우리 같이 나아가자."

"아 꼭 갈 거야. 아, 저기 들판은 이 얼마나 아름다운가? 다들 모여 있네. 저기가 진짜 하늘이야. 아, 저기에

이별이며, 그가 새로운 목숨을 사는 제일보일 것이다. 조반니는 둘도 없이 소중한 캄파넬라의 죽음을 받아들이고, 종착역인 현세로 돌아오는 것입니다. 순교자가 아닌 그는, 어디까지나 남을 위해 걸어가지 않으면 안 됩니다. 그것은, 조반니에게 새로운 인생의 시작인 것입니다.
이상은
[https://kakuyomu.jp/works/1177354054892693702/episodes/1177354054892693977]에서 인용하여 적의 번역함.

있는 것은 우리 어머니야."

캄파넬라는 갑자기 창 멀리에 보이는 아름다운 들판을 가리키고 소리를 질렀습니다.

조반니도 그쪽을 보았습니다만, 거기는 희미하게 하얗게 흐려 보일 뿐, 아무리 해도 캄파넬라가 말한 것처럼 생각되지 않았습니다.

뭐라고도 말할 수 없이 쓸쓸한 생각이 들어, 멍하니 그쪽을 보고 있었더니, 건너편 강기슭에 두 개의 전신주가, 마치 양쪽으로부터 팔짱을 낀 것처럼 빨간 가로대가 줄지어 서 있었습니다.

"캄파넬라, 우리 함께 가자."

조반니가 이렇게 말하면서 뒤돌아보았더니, 지금까지 캄파넬라가 앉아 있던 자리에, 이미 캄파넬라의 모습은 보이지 않고, 그냥 검은 벨벳만 빛나고 있었습니다.

조반니는 마치 총알처럼 일어섰습니다. 그리고 누구에게도 들리지 않도록 창밖으로 몸을 앞으로 쑥 내밀고, 힘껏 격렬하게 가슴을 치며 소리를 지르며, 그러고 나서 이제 목청껏 눈물을 터트렸습니다.

이제 그 부근이 일시에 새카맣게 된 것처럼 생각했습니다. 그때,

"너는 도대체 왜 울고 있는 거야? 좀 이쪽을 봐."

지금까지 여러 차례 들린, 그 아름다운 첼로와 같은 소리가, 조반니 뒤에서 들렸습니다.

조반니는, 퍼뜩 생각해서 눈물을 훔치고, 그쪽을 뒤돌아보았습니다. 아까까지 캄파넬라가 앉아 있던 자리에 검고 큰 모자를 쓴 푸르스름한 얼굴의 마른 어른이, 상냥하게 웃으며 커다란 한 권의 책을 들고 있었습니다.

"너의 친구는 어딘가에 갔을 거다. 그 사람은 말이지, 정말 오늘밤 멀리 간 거야. 너는 이제 캄파넬라를 찾아도 소용없다."

"아, 어째서 그렇습니까? 나는 캄파넬라와 같이 곧 가겠다고 말했습니다."

"아, 맞아. 모두가 그렇게 생각해. 하지만 함께 갈 수 없어. 그리고 모두가 캄파넬라야. 네가 만나는 어떤 사람도, 모두 몇 번이고 너와 함께 사과를 먹거나 기차를 타

거나 했어. 따라서 역시 너는 아까 생각한 것처럼, 모든 사람의 최상의 행복을 찾고, 모두와 함께 일찍 거기에 가는 게 좋아. 거기에서만 너는 진정으로 캄파넬라와 언제까지나 같이 갈 수 있을 거야.”

“아, 나는 반드시 그렇게 하겠습니다. 나는 어떻게 그것을 구하면 좋을까요?”

“아, 나도 그것을 구하고 있어. 너는 네 표를 잊지 말고 꼭 가지고 있어. 그리고 열심히 공부해야 해. 너는 화학을 배웠지? 물은 산소와 수소로 되어 있다는 것을 알고 있지? 지금은 누구나 그것을 의심하지는 않아. 실험해 보면 정말 그러니까. 하지만 옛날에는 수은과 소금으로 되어 있다고 말하거나, 수은과 유황으로 되어 있다고 말하기도 하는 등 여러 가지 토론을 했어. 모두가 각자 자기 하나님이 진짜 하나님이라고 하겠지, 하지만 서로 다른 하나님을 믿는 사람들이 한 일 가지고도 눈물이 흘러내릴 거야. 그리고 우리 마음이 좋다든가 나쁘다든가 토론하겠지. 그리고 승부가 나지 않을 거야. 하지만, 만일 네가 정말 공부해서 실험으로 제대로 진짜 생각과 거짓 생각을 전부 나누면, 그 실험 방법만 정해지면, 이제 신앙도 화학도 똑같게 돼. 하지만, 있잖아, 좀 이 책을 보렴, 됐어? 이것은 지리와 역사 사전이야. 이 책의 이 페이지는 말이야, 기원전 이천 이백 년의 지리와 역사가 쓰여 있어. 잘 봐. 기원전 이천 이백 년에 관한 것이 아냐, 기원전 이천 이백 년쯤에 모두가 생각하고 있던 지리와 역사라는 것이 쓰여 있어.

따라서 이 페이지가 한 권의 지리책에 상당하는 거야. 알겠어? 그리고 이 안에 쓰여 있는 것은 기원전 이천 이백 년경에는 대개 사실이야. 찾으면 증거도 계속해서 나와. 하지만 그것이 조금 어떨까 하고 이렇게 생각하기 시작해 봐, 봐! 그것은 다음 페이지야.

기원전 천 년. 지리도 역사도 상당히 변했을 거야. 이때에는 이래. 이상한 얼굴을 해서는 안 돼. 우리는 우리의 몸도 생각도 은하수도 기차도 역사도, 그냥 그렇게 느끼고 있는 거니까, 그것 봐! 나와 함께 조금 마음을 가라앉히고 봐. 됐어?"

그 사람은 손가락을 한 개 들었다가 조용히 그것을 내

려놓았습니다. 그러자 갑자기 조반니는 자신이라는 것이, 자신의 생각이라는 것이, 기차나 그 학자나 은하수나, 모두 함께 딱 빛나며, 쥐 죽은 듯이 조용해지고, 딱하며 불이 켜지고 또 없어지고, 그리고 그 중의 하나가 탁하며 불이 켜지자, 모든 넓은 세계가 휑하니 열리고, 모든 역사가 갖춰지고, 쓱 꺼지자, 이제 휑뎅그렁한, 그냥 이제 그것만 남아 있는 것을 보았습니다. 점점 그것이 빨라져서, 이윽고 완전히 원래대로 되었습니다.

"자 됐어? 따라서 네 실험은, 이 동강난 생각의 시작에서 끝 모든 것에 걸치는 것과 같아야 한다. 그것이 어려운 일이다. 하지만 물론 그때만의 것이라도 괜찮아. 이봐! 저기에 플레이아데스성단(星団)[57]이 보여. 너는 저

---

57) 플레이아데스성단(星団) : 플레이아데스는 '플레이아데스성단(星団, Pleiades)'를 가리킵니다. 사슬을 푼다는 것은, 혼돈의 사실과 허구를 확고히 잘라 나누고, 검증을 거치고 진실의 재구축을 하지 않으면 안 된다.라고도 읽을 수 있다. '플레이아데스성단(星団)'은 백 개 남짓의 어린 별들의 집단입니다. 탄생해서 수백만 년 정도밖에 지나지 않습니다만, 이미 거성(巨星)으로의 진화가 시작되었습니다.
겐지(賢治)는 별들이 좁은 영역에 모여 있는 모습을 관찰해서 "사슬로 단단히 매어 있는" 것처럼 느꼈을 것이다. 그리고 그것을 풀어 놓아 자유롭게 해 주고 싶다고 생각했을 것일까요.

플레이아데스성단(星団)의 사슬을 풀지 않으면 안 돼."

그때 새카만 지평선 건너편으로부터 푸르스름한 봉화가, 마치 대낮처럼 쏘아 올려져서, 기차 안은 완전히 밝아졌습니다. 그리고 봉화는 높게 하늘에 걸려 계속해서 빛났습니다.

"아, 마젤란성운[58]이야. 자, 이제 꼭 나는 나를 위해, 내 어머니를 위해, 캄파넬라를 위해, 모두를 위해, 진정한 행복을 찾을 거야."

조반니는 입술을 깨물고, 그 마젤란성운을 바라다보며 섰습니다. 그 가장 행복한 그 사람을 위해!

"자, 표를 꼭 쥐고 가. 너는 이제 꿈의 철도 안이 아니고, 진짜 세계의 불이랑 거센 파도 속을 성큼성큼 똑바로 걸어가지 않으면 안 된다. 은하수 안에서 단 하나의, 진짜 그 표를 절대로 너는 잃어버려서는 안 돼."

바로 그 첼로와 같은 소리가 났다고 생각하자 조반니

이상은 [http://www.astron.pref.gunma.jp/inpaku/galexp/pleiades.html]에서 인용하여 적의 번역함.

58) 마젤란성운 : 마젤란운(Magellanic Nebulae)이라고도 하는데, 대마젤란운과 소마젤란운을 가리킨다.

는, 그 은하수가 이제 마치 멀리 멀어지고 바람이 불고 자신이 똑바로 풀 언덕에 서 있는 것을 보고, 다시 멀리서 그 부루카니로박사[59]의 발소리가 조용히 다가오는 것을 들었습니다.

"고마워. 나는 대단히 좋은 실험을 했다. 나는 이런 조용한 곳에서 멀리서 내 생각을 남에게 전하는 실험을 하고 싶다고 아까 생각하고 있었다. 네가 말한 말은 모두 내 수첩에 적혀 있어. 자, 돌아가서 자! 너는 꿈속에서 결심한 대로 똑바로 나아가면 돼. 그리고 이제부터 뭐든지 언제라도 나한테 의논하러 와요."

"나는 반드시 똑바로 나아가겠습니다. 꼭 진정한 행복을 추구하겠습니다." 조반니는 힘차게 말했습니다.

"아, 그럼 잘 가요. 이것은 아까 표입니다."

---

59) 부루카니로 박사 : 초고에서 제3차 원고까지 등장했지만, 제4차 원고에서는 모든 신이 삭제되었다. '아름다운 첼로와 같은 소리'를 낸 어른으로 조반니가 은하철도를 탄 것은 박사의 실험에 의한 것이었다. 은하철도 안에서는 어디부터인가도 모르게 소리가 들리지만, 승객으로 나타난다. 조반니에게 사물을 보는 견해와 사고방식 등을 가리킨다.
이상은 [フリー百科事典『ウィキペディア(Wikipedia)』
https://ja.wikipedia.org/wiki]에서 인용하여 적의 번역함.

박사는 작게 접은 녹색 종이를 조반니 주머니에 집어 넣었습니다. 그리고 이제 그 모습은 천기륜 기둥 건너편에 안 보이게 되었습니다.

조반니는 곧장 달려서 언덕을 내려갔습니다.

그리고 주머니가 매우 무겁고 딸각딸각 소리가 나는 것을 깨달았습니다. 숲속에서 멈추고 그것을 조사해 보았더니, 바로 그 녹색의 아까 꿈속에서 본 괴이한 하늘표 속에 커다란 금화가 두 장 쌓여 있었습니다.

"박사님 고마워요, 엄마. 곧 우유를 가지고 갈게요."

조반니는 소리를 지르며 다시 달리기 시작했습니다. 무엇인가 여러 가지가 한꺼번에 조반니의 가슴에 모여 뭐라고 형용할 수 없이 슬프기도 하고 신선하기도 한 그런 생각이 드는 것이었습니다.

거문고별이 쑥 서쪽으로 옮기고, 그리고 다시 꿈처럼 더욱 멀리 가고 있었습니다.

조반니는 눈을 떴습니다. 원래의 언덕 풀 속에서 피곤해서 자고 있던 것이었습니다. 가슴은 왠지 이상하게 뜨거워지고, 볼에는 차가운 눈물이 흐르고 있었습니다.

조반니는 용수철처럼 벌떡 일어났습니다. 마을은 완전히 아까 길에 아래쪽에서 많은 등불을 잇대고 있었습니다만, 그 빛은 왠지 아까보다도 뜨거워졌다고 하는 모양이었습니다.

그리고 지금 막 꿈에서 걸었던 은하수도 역시 아까 길에 하얗고 희미하게 걸려, 새까만 남쪽 지평선 위에서는 특히 흐려 보이게 되고, 그 오른쪽에는 전갈자리의 빨간 별이 아름답게 빛나며, 하늘 전체의 위치는 별로 변하지도 않은 것 같았습니다.

조반니는 쏜살같이 언덕을 달려 내려갔습니다. 아직 저녁밥을 먹지 않고 기다리고 있는 어머니가 가슴 벅차게 생각났기 때문입니다. 쿵쿵하며 검은 소나무 숲속을 지나, 그리고 희읍스름한 목장의 목책을 돌아, 아까 들어온 입구에서 어두운 우사 앞으로 다시 왔습니다. 거기에는 누군가가 지금 돌아온 것처럼, 아까 없었던 수레 하나가 무엇인가의 통을 두 개 얹어 놓여 있었습니다.

"안녕하세요." 조반니는 사람을 불렀습니다.

"예."

하얗고 두꺼운 바지를 입은 사람이 금방 나와서 섰습니다.

"무슨 볼일입니까?"

"오늘 우유가 우리 집에 오지 않았습니다만."

"아, 미안합니다."

그 사람은 금방 안으로 가서 우유병을 하나 가지고 나와 조반니에게 건네면서, 다시 말했습니다.

"정말 미안합니다. 오늘은 점심때, 그만 깜박 송아지 축사를 열어 두는 바람에, 장난꾸러기 송아지 대장이 곧장 어미 소에게 가서 절반 정도 마셔 버려서 말이지요…."

그 사람은 웃었습니다.

"그렇습니까? 그럼 받아 가겠습니다."

"네, 정말 미안합니다."

"아니오."

조반니는 아직 뜨거운 우유병을 양쪽 손바닥으로 싸는 듯이 들고 목장의 목책을 나왔습니다.

그리고 잠시 동안 나무가 있는 마을을 지나 큰길로 나와 다시 잠시 걸었더니 길은 열십자가 되어, 그 오른쪽,

길 외진 곳에 아까 캄파넬라들이 등불을 띄어 보내러 간 강에 놓인 커다란 다리의 망루가 밤하늘에 어렴풋이 서 있었습니다.

그런데 그 십자로 된 마을 모퉁이와 가게 앞에 여자들이 일고여덟 명 정도씩 모여 다리 쪽을 보면서 무엇인가 소곤소곤 이야기하고 있었습니다. 그리고 다시 위에도 가지각색의 등불이 가득 있었습니다.

조반니는 왠지 싹하고 가슴이 차가워진 것 같은 생각이 들었습니다. 그리고 갑자기 근처에 있는 사람들에게,

"무슨 일이 일어났습니까?"라고 소리를 지르는 듯이 물었습니다.

"어린이가 물에 빠졌어요."

한 사람이 말하자, 그 사람들은 일제히 조반니 쪽을 보았습니다. 조반니는 마치 정신없이 다리 쪽으로 달렸습니다. 다리 위는 사람들로 가득 차서 강이 보이지 않았습니다. 흰옷을 입은 순사도 나와 있었습니다.

조반니는 다리 옆에서 뛰는 듯이 아래쪽의 넓은 강가의 모래밭으로 내려갔습니다.

그 강가의 모래밭의 물가를 따라 많은 등불이 쉴 틈도 없이 오르락내리락하고 있었습니다. 건너편 둔덕의 어두운 제방에도 불이 일고 움직이고 있었습니다. 그 한 가운데를 이미 쥐참외의 등불도 없는 강이, 조그만큼 소리를 내며 잿빛으로 조용히 내려가고 있었던 것이었습니다.

강가의 모래밭의 가장 하류 쪽에 주(洲)[60]와 같이 되어 나온 곳에 사람들이 모여 있는 것이 또렷하게 시커멓게 서 있었습니다. 조반니는 쿵쿵하며 그쪽으로 달렸습니다. 그러자 조반니는 갑자기 아까 캄파넬라와 함께 있었던 마루소[61]를 만났습니다. 마루소가 조반니에게 뛰어다가와서 말했습니다.

"조반니, 캄파넬라가 강에 들어갔어."

"왜, 언제."

"자네리가 말이지, 배 위에서 쥐참외의 등불을 물이

60) 주(洲) : 흙, 모래가 물속에 퇴적하여 물 위로 드러난 땅.

61) 마루소 : 제4차 원고에만 등장하는데, 조반니에게 캄파넬라가 강에 떠내려간 것을 전한 인물로 등장하고 있다. 명언되어 있지 않지만, 조반니의 동급생으로 추정된다.
이상은 [フリー百科事典『ウィキペディア(Wikipedia)』 https://ja.wikipedia.org/wiki]에서 인용하여 적의 번역함.

흐르는 쪽으로 밀어주려고 했어. 그때 배가 흔들렸기 때문에 물에 떨어졌을 거야. 그러자 캄파넬라가 금방 뛰어들었어. 그리고 자네리를 배 쪽으로 밀어 보냈어. 자네리는 가토를 붙잡았어. 하지만 나중에 캄파넬라가 보이지 않아."

"다들 찾고 있을 거지."

"아, 금방 모두 왔어. 캄파넬라 아버님도 왔어. 하지만 찾지 못했어. 자네리는 집에 끌려갔어."

조반니는 모두가 있는 그쪽으로 갔습니다. 거기에 대학생들이랑 마을 사람들에게 둘러싸여 푸르스름한 뾰족한 턱을 한 캄파넬라 아버지가 검은 옷을 입고 똑바로 서서 왼손에 시계를 들고 죽 응시하고 있던 것입니다.

모든 사람들도 지그시 강을 보고 있었습니다. 아무도 한 마디도 말을 하는 사람도 없었습니다. 조반니는 부들부들 떨었습니다[62].

---

62) 니이즈마 아키코(新妻明子:2016)에서는, "わくわくわくわく足がふるえました(부들부들 떨었습니다)"의 'わくわくわくわく'는 겐지의 법칙(7d)에 의해 'わくわく'를 반복시켜, 비습관적인 것으로 한 것으로 간주된다고 하고 있다. 'わくわく'라는 것은 「①흥분이나 불안으로 마음이 흔들려서 불안한 모습. ②조금씩 늘거나 넓어져 가는 모

고기를 잡을 때 쓰는 아세틸렌 램프가 많이 쉴 틈도 없이 왔다 갔다 하며, 검은 강물은 가물가물 작은 파도를 일으키며 흐르고 있는 것이 보이는 것이었습니다.

하류 쪽의 강폭 가득히 은하가 크게 비쳐서, 마치 물이 없는 그대로의 하늘처럼 보였습니다.

습.」(오노(小野) 편(編)(2007:504-505))이라고 하는 의미가 있고,

私は寂しさにわくわくした。(①)
(나는 적막감에 마음이 흔들렸다.)
わくわくと流れ出る涙。(②)
(조금씩 흘러내리는 눈물.)

와 같이 쓰인다. 그러나 '발(足)'이라는 명사나 '흔들리다(ふるえる)'와 같은 동사와 함께 쓰인다고는 생각되지 않기 때문에 읽는 이에게 인상적인 표현이라고 느껴진다고 생각된다. 영어역에서는 그와 같은 반복을 동의어의 반복에 의해 표현하고 있지만, 역시 겐지(賢治)의 독자적인 표현을 영어로 표현하는 것은 곤란한 것을 알 수 있다. …… 『은하철도의 밤(銀河鉄道の夜)』에는 186예의 오노매토피어가 사용되고 있다는 점에서, 독자는, 이야기 전체를 통해 오노매토피어에 의해 표현되고 있는 양태나 소리의 세계를 어떻게 해석할 것인가 하는 행위에 노력(労力)을 사용하게 된다고 생각된다.
이상은 新妻明子(2016) 「宮沢賢治『銀河鉄道の夜』におけるオノマトペ—日英比較対照と解釈のプロセス—」(「미야자와 겐지 『은하철도의 밤』에 있어서의 오노매토피어 - 일영비교대조와 해석 프로세스 -」 『常葉大学短期大学部紀要』(『도코하대학 단기대학부 기요』) 47号 p.42에서 인용.

조반니는, 그 캄파넬라는 이미 저 은하 외진 곳에만 있다는 그런 생각이 들어 견딜 수가 없었습니다.

하지만 다들 아직, 어딘가 파도 사이로부터,

"나, 무척 많이 헤엄쳤어."라고 말하면서 캄파넬라가 나올까, 혹은 캄파넬라가 어딘가의 사람이 모르는 주(洲)에라도 도착해서 서 있으며 누군가가 오는 것을 기다리고 있을까 하는 그런 생각이 들어 견딜 수 없는 것 같았습니다. 하지만 갑자기 캄파넬라의 아버님이 딱 잘라 말했습니다.

"이제 소용없습니다. 떨어지고 나서 45분 지났으니까요."

조반니는 엉겁결에 달려가서 박사 앞에 서서, '나는 캄파넬라가 간 쪽을 압니다. 나는 캄파넬라와 함께 걷고 있었습니다.'라고 말하려고 했습니다만, 더 이상 목이 메어 아무 말도 하지 못했습니다. 그러자 박사는 조반니가 인사하러 왔다고, 생각했던 것인지, 잠시 자상히 조반니를 보고 있었습니다만,

"자네는 조반니 군이지요? 정말 오늘 밤은 고마워요."

라고 정중하게 말했습니다.

조반니는 아무 말도 못 하고 그냥 인사를 했습니다.

"자네 아버님은 이미 돌아왔습니까?"

박사는 시계를 단단히 쥔 채, 다시 물었습니다.

"아니오."

조반니는 살짝 머리를 흔들었습니다.

"어떻게 된 거야, 나에게는 그저께 매우 잘 지낸다는 소식이 있었는데, 오늘쯤 이제 도착할 무렵인데. 배가 늦어졌나. 조반니 씨, 내일 방과 후 다 같이 집에 놀러 와요."

그렇게 말하면서 박사는 다시, 강 하류의 은하가 가득 비쳐 보이는 쪽으로 지그시 눈길을 보냈습니다.

조반니는 이제 여러 가지 일 때문에 가슴이 메어, 아무 말도 못하고 박사 앞을 떠나, 빨리 어머니에게 우유를 가지고 가서, 아버지가 돌아오는 것을 알리려고 생각하자, 벌써 쏜살같이 강가의 모래밭을 거리 쪽으로 달렸습니다.

■ 역자 소개

• 이성규(李成圭)

(현)인하대학교 교수, 한국일본학회 고문
(전)KBS 일본어 강좌 「やさしい日本語」 진행, (전)한국일본학회 회장
한국외국어대학교 일본어과 졸업
일본 쓰쿠바(筑波)대학 대학원 문예·언어연구과(일본어학) 수학
언어학박사(言語学博士)
전공 : 일본어학(일본어문법·일본어경어·일본어교육)
저서 :
『도쿄일본어』(1-5), 『현대일본어연구』(1-2)〈共著〉, 『仁荷日本語』(1-2)〈共著〉, 『홍익나가누마 일본어』(1-3)〈共著〉, 『홍익일본어독해』(1-2)〈共著〉, 『도쿄겐바일본어』(1-2), 『現代日本語敬語の研究』〈共著〉, 『日本語表現文法研究』 1, 『클릭 일본어 속으로』〈共著〉, 『実用日本語』 1〈共著〉, 『日本語 受動文 研究의 展開』 1, 『도쿄실용일본어』〈共著〉, 『도쿄 비즈니스 일본어』 1, 『日本語受動文の研究』, 『日本語 語彙論 구축을 위하여』, 『일본어 어휘』 I, 『日本語受動文 用例研究』(I-III), 『일본어 조동사 연구』(I-III)〈共著〉, 『일본어 문법연구 서설』, 『현대일본어 경어의 제문제』〈共著〉, 『현대일본어 문법연구』(I-IV)〈共著〉, 『일본어 의뢰표현 I』, 『신판 생활일본어』, 『신판 비즈니스일본어』(1-2), 『개정판 현대일본어 문법연구』(I-II), 『일본어 구어역 마가복음의 언어학적 분석』(I-IV), 『일본어 구어역 요한복음의 언어학적 분석』(I-III)』

• 임진영(任鎭永)

(현)서경대학교 인성교양대학 강사
문학박사(文学博士)
츠쿠바가쿠인대학(筑波学院大学) 비교문화학과 졸업
인하대학교 교육대학원 일본어교육 졸업
인하대학교 일반대학원 일어일본학과 졸업
논문 : 「韓国の日本語教科書における語彙分析」
「한국의 일본어 교과서 어휘 분석 - 중학교 교과서를 대상으로 -」
「의뢰표현 〈ないでくださいますか〉의 표현가치」
「접사 「―よい」의 의미용법에 관한 일고찰」

초판인쇄 2022년 6월 7일
초판발행 2022년 6월 10일
옮 긴 이 이성규·임진영
발 행 인 권 호 순
발 행 처 시간의물레
주 소 경기도 파주시 숲속노을로 150, 708-701
전 화 031-945-3867
팩 스 031-945-3868
전자우편 timeofr@naver.com
홈페이지 http://www.mulretime.com
블 로 그 http://blog.naver.com/mulretime
I S B N 978-89-6511-384-3(03830)
정 가 11,000원

* 잘못된 책은 바꾸어 드립니다.